特許やぶりの女王
弁理士・大鳳未来

南原 詠

宝島社

［目次］ 特許やぶりの女王 弁理士・大鳳未来

特許やぶりの女王　弁理士・大鳳未来

第一章

強奪する側から守る側に鞍替え

1

三重県多気町《たきちょう》の経済は、《シャープ》の中小型液晶テレビ工場が牽引《けんいん》している。《亀井《かめい》製作所》——シャープに比べたら泡沫《ほうまつ》のような規模の電機メーカーだが——も、多気町に液晶テレビの工場と倉庫を構えている。

大鳳未来《おおとりみらい》は、カーシェアサービスで調達した軽自動車を飛ばしていた。目的地は亀井製作所の倉庫だった。

国道四二号線を走りながら、未来はバックミラーを、ちらっと眺めた。ゆるく波打つ、肩に掛かる髪。ホテルを急いで飛び出したせいで、ぶわっと広がっている。前髪の下では、双眸《そうぼう》が怒りで血走っている。頬は紅潮している。おまけに、特許公報と審査経過、あとネットの諸々の情報を徹夜で読み込んでいたせいで、肌の調子は悪かった。

ナビが亀井製作所・多気町工場の外観をディスプレイに表示した。未来はハンドルを切った。

「警告書を送った次の日に相手に殴り込む特許権者なんて初めて聞いた。普通の特許紛争はもっと何か月もかけてゆっくり進むもんよ。相手はよほど切羽詰まっているのね」

ぎゃぎゃぎゃ、とタイヤが悲鳴を上げた。

倉庫の近く、適当な敷地内に未来は自動車を駐《と》めた。

道路沿いに先客の車が三台、駐まっている。一台はバックシートが作業道具で埋まった白いバン。一台は荷台の側面が大きく凹《へこ》んだ軽トラック。最後に、ぴかぴかの黒塗りのベンツ。

未来はベンツを睨《にら》みつつ自動車から降りた。倉庫に向き直り、今度は自分の足で全速力で走る。

倉庫の広さはおよそ三百坪。スライド式の錆《さび》付いた搬入扉が半開きになっている。中から怒号が聞こえた。

扉を両手で思いっきり開け放つと、薄暗かった倉庫の内部に光が差し込んだ。

平べったい段ボールの箱が天井まで積み上がっている。液晶テレビの在庫だろう。

中央には、白いスーツに赤いシャツを着た、長身で白髪の男性がいた。

未来はすぐに、男が《皆川《みながわ》電工》の社長、皆川竜二郎《みながわりゅうじろう》だと気づいた。

皆川の腕が、小太りの男の首を絞め上げている。亀井製作所の社長でありクライアントの亀井道弘《かめいみちひろ》だ。

亀井は、皆川の手下たちに囲まれていた。ざっと数えて十人。皆、目つきは悪いが服装は水色の作業着姿だった。皆川電工の従業員だ。

皆川が、わざわざ強面《こわもて》の従業員を選んで連れて来た可能性が高い。

一方で亀井の背後には亀井製作所の従業員が三人いる。皆、恐怖に顔を戦慄《わなな》かせていた。

未来は即座に叫んだ。

「亀井さん、無事ですか。死ぬなら代理人手数料を支払ってからにしてください！」

皆川サイドも、亀井サイドも全員が振り向いた。

亀井が半ベソで叫び返した。

「大鳳先生、助けてください。皆川さんが乗り込んで来たんです。姚愁林《ようしゅうりん》先生にも電話とか連絡を取ろうとしたんですが、繫《つな》がらなくって」

どさっと、音がした。亀井が地面に崩れ落ちた。

皆川は、亀井の首を摑《つか》んでいた右手をゆっくりと下げた。

こちらを睨みながら、皆川はじわり、じわりと未来に近付く。

「生意気にも、亀井が代理人を雇った話は聞いている。特許侵害が専門の特許事務所なんだってな。おい、亀井！　俺らの技術を土足で踏みつけるような真似をしておいて、人を雇って言い訳をさせるとは大したもんだ」

眼光を飛ばした気なのか知らないが、未来は、しれっと挨拶をした。

「亀井製作所側の代理人を務めます《ミスルトウ特許法律事務所》の弁理士、大鳳未来です。特許侵害を警告した、皆川社長で間違いありませんか」

未来は、ハンドバッグから名刺入れを取り出した。

名刺を、ぴらっと差し出す。名刺を一瞥《いちべつ》した皆川は、ゆっくりと視線を未来の顔に上げた。

「弁理士？　弁護士じゃねえのか」

「弁護士は、争い事ならなんでも担当できます。スペシャリスト、というよりゼネラリストですね。でも特許権に関する話なら弁理士がスペシャリストです。話し相手として不満ですか」

皆川は、顔に「いずれにせよ不満」とフェルトマーカーで大書きしたような表情で答えた。

「亀井んとこのメタボ社長はな、こっちが特許侵害だってわざわざ教えてやったってのに無視しやがんだ。だから仕方なく俺が出向いてだ、わからせてやろうと思ったんだよ」

未来は「ふっ」と、鼻で笑った。

「亀井さんは昨日の夕方、我々に電話で相談されました。昨日の今日で対応できる特許事務所か法律事務所となると限られます。だから、わざわざ東京の我々に連絡したんでしょう。我々も夜中に急いでセントレア空港に到着しました」

ごほごほ、と咳《せき》込みながら亀井が床から上体を起こす。

「嫌な予感がしたんです。でも、特許侵害で即日対応なんて法律事務所は大鳳先生の所以外になくって。あと、全国どこでも飛んで行くって——」

皆川の怒号が響いた。

「亀井、てめえは黙ってろ！　俺はこの嬢ちゃんと話してんだ」

亀井製作所の従業員は皆、声も出せないくらい顔面蒼白《そうはく》になっている。

未来は腕を組み、皆川の長身を下から見上げた。

「聞けば、警告書の回答期限は三日後だとか。普通は二週間から一か月です。三日なんて短すぎます。おまけに警告した次の日に特許権者が自ら殴り込み？　前代未聞です」

皆川は、のっぺりとした笑みを浮かべた。

「亀井にはな、再三、口頭で警告をしていたんだ。おい、やれ」

皆川が合図をすると、皆川電工の手下たちが一斉に動いた。

手下たちは積みあがった段ボールの一つを、乱暴に引っ張り出した。

亀井が目を見開き、口を大きく開けた。

「やめてくれ！　昨晩、ラインから上がったばかりの三十二型だ！」

亀井の叫びは無視された。皆川の手下たちは、鶏を絞めるような表情で段ボールを開いていく。

黒く輝く、三十二インチの薄型テレビが姿を現した。

かっと、未来の頭に血液が流れ込んだ。

「特許権者であっても勝手に触ることは許されません」

皆川は、未来の目の前に堂々と立ちはだかった。

「心配するな。ぶっ壊そうなんて思っちゃいねえ。昨日の夜中の到着じゃ、まだ侵害品もきちんと確認できていないよな。俺は優しいんだ。今、侵害の証拠を見せてやろうってんだ」

未来は、断固として怒鳴った。

「侵害品と呼ばないでください。訴訟で判決が確定するまで、誰も侵害品とは呼べません。まだ警告段階でしょう」

手下たちは、テレビをスタンドに設置した。手下の一人が、どこからか延長ケーブルと青色のインターネットケーブルを手に戻って来る。

殺風景な倉庫の中央に、亀井製作所製、三十二インチの薄型テレビが一台、鎮座する。

皆川は鷹揚《おうよう》に振り向くと、顎《あご》をしゃくった。

テレビに電源が入り、漆黒のディスプレイに亀井製作所のロゴが表示された。

皆川が吐き捨てた。

「ロゴなんかどうでもいい。問題は、すぐ後だ」

亀井製作所のロゴが消えるとすぐ、赤、黄、緑、青色で構成された円のマークが浮かび上がった。インターネットブラウザ、グーグルクロームだ。

皆川が、罠《わな》に掛かった鳥を見るような表情で答える。

「見たよな。テレビの電源を入れた直後に、インターネットブラウザが起動した」

部下の一人が、皆川にリモコンを渡した。

皆川は、リモコンを操作しながら、続けた。

「何が問題なのか、わかるか？ テレビ番組よりも先に、ブラウザが出るところだ。もちろん、続けてネットサーフィンだってできる。見ろ」

皆川は、リモコンでクロームを器用に操作して、画面にニュースサイトを表示させ、適当なリンク先に飛ぶ。一度も、テレビ番組は表示されない。

ニュースサイトの『芸能・スポーツ』欄から、皆川は動画のリンクをクリックした。

《ＹｏｕＴｕｂｅ》のリンクが起動した。

赤い、角丸の四角に白い三角形のマークのロゴが、クロームの左上に見える。

ぱっと画面から眩《まばゆ》い光が溢《あふ》れた。

テレビのスピーカーから、最近テレビで引っ切りなく流れる曲のイントロが零《こぼ》れた。テレビ嫌いの未来でも知っている曲だ。世間一般、いやアジア・パシフィックで広く知られている。

画面には、渋谷《しぶや》にあるセルリアン・タワーの屋上からの夜景が映っていた。夜空には月だけで、雲は一つもなかった。

イントロのギアが一段階上がったところで、カメラが夜空から屋上に下りる。

画面が一瞬だけブレた直後、誰もいなかった屋上のステージに、金髪を二つに纏《まと》めた女性が立っていた。

コンピュータグラフィックスだった。名前は、天ノ川《あまのがわ》トリィ、だったか。《VTuber》と呼ばれていた気がする。

以前に何かの本で読んだ覚えがある。コンピュータグラフィックスで人を描く場合、方向性は二極化する。限りなく人間に寄せるか、限りなくアニメ的なキャラクタ感を追求するか。

天ノ川トリィの造形は、人間に限りなく寄せられている。

真紅のドレスにヘッドセットを装着した天ノ川トリィは、目を瞑《つぶ》ったまま足でリズムを取っていた。やがて全身でリズムを取り始めた。髪が風になびいている。

作り立ての液晶だけあって亀井製作所の薄型テレビは、夜景もコンピュータグラフイックスも、4Kで微細に映しだした。

亀井も亀井の従業員も皆川の手下も、現実を忘れて画面に没頭していた。

イントロが最高潮に達したところで、天ノ川トリィが目を見開いた。

画面が、ぶつっと暗転した。

仏頂面の皆川は、手下たちを怒鳴り付けた。

「馬鹿《ばか》野郎が。呑気《のんき》にYouTubeを見に来たわけじゃねえんだ！」

皆川は、黒ずんだ手でリモコンを弄《もてあそ》びながら未来に主張した。

「亀井の奴は、俺たちの特許技術をまんまパクったテレビを製造してやがる。間違いなく特許侵害だ」

未来は皆川電工の特許を確認する。

「電源を投入したら、テレビ番組より先にインターネット接続用の画面、つまりブラウザを表示するテレビ。合っていますか」

皆川が口笛を吹いた。

「さすがは先生だ。きちんと我が社の特許を把握されていらっしゃる」

未来は小さく舌打ちをした。今回問題となった皆川電工の特許権は、筋が良すぎる。

完全にこちらの分《ぶ》が悪い。

縋《すが》る目をする亀井に対し、未来は淡々と説明した。

「テレビなのに最初にインターネットを表示する。アイディアとしては昔からあったと聞きますが、大手電機メーカーから販売された例は、ほぼありません。一説によると、テレビ各局より相当な圧力があったとか」

皆川は、リモコンを手の上でくるくると回した。

「俺たち皆川電工はな、圧力なんて気にしねえんだ。そもそも、技術は多数決で決まる代物じゃねえ。現に時代を先取りして、十年前に特許も取っていた」

皆川がテレビ局から苦情を受けるわけはない、と未来は確信している。皆川電工も亀井製作所も、テレビ製造業者としての規模は極めて小さく、テレビ局が気にする規模ではない。

亀井が、すかさず反論する。

「ブラウザを表示するだけのテレビが、特許になるんですか！」

未来は淡々と答えた。

「新しければ特許されます。ただし、世間一般の基準での『新しさ』と、特許庁の審査官にとっての『新しさ』は、異次元レベルで異なります。新規性といいます。世の中の特許発明は、青色ＬＥＤの作り方のような大発明ばかりではありません」

皆川は、亀井の三倍は大きな声で反論した。

「新しいに決まってんだろ。文句があるなら、電源を点《つ》けたら真っ先にブラウザを立ち上げるテレビが、十年前に出ていたって証明してみろ」

亀井は呆然《ぼうぜん》とし、口を半開きにしたまま硬直した。

亀井の心中は察しがつく。皆川電工は事実として特許権を取得している。

未来は、ハンドバッグからタブレットを取り出した。

「特許庁のデータベースで確認しました。特許庁の審査官は、皆川社長と同じ意見です」

亀井が泣きそうな表情で未来を問い詰めた。

「大鳳先生も、うちの製品が特許侵害だって仰《おっしゃ》るんですか」

未来はタブレットの上辺を確認した。現在、時刻は朝の十時半を回ったところだ。

「反論材料は探しました。例えば、十年前にそんなテレビが世の中に知られていたとしたら、特許は無効です。短時間ですが調査しました。しかし、証拠は見つかりませんでした」

亀井も必死になって反論する。

「たった一晩で、きちんと調べられるわけはありませんよね。無理に決まっています。きちんと時間をかければ、きっと見つかりますよね」

未来は正直に自分の印象を伝えた。

「十年前の特許出願です。当時の技術レベルを考えると、あと一か月調査を続けても無効の証拠は見つからないでしょう」

皆川が、わざとらしく手を叩《たた》きながら答えた。

「大した専門家だ！　素晴らしい先生を雇ったな、亀井。年貢の納め時だ。侵害品は全品処分しろ。なんなら武士の情けで廃棄処分代くらい持ってやってもいい」

未来は、皆川の手下たちの表情を見やった。皆川が歓喜している背後で、ふと皆、気の抜けた表情を見せている。

確信した。予想通り、皆川電工の従業員は全員、決死の覚悟で強面を演じている。

未来は、ジャケットの胸のポケットからスマホを取り出した。着信の履歴はない。パートナー、姚愁林を信じて時間を稼ごう。未来は皆川を問い質《ただ》した。

「皆川社長、たとえ侵害でも、あなたに認められる権利はテレビの廃棄と工場設備の取り除きまで。度を越えた行為は許されません」

煩わしい、と顔に書いてあるような表情で、皆川が答える。

「だから処分してやるっつってんだろ。どこが度を越えているってんだ」

未来は、皺《しわ》とくすみの目立つ皆川の顔に、自分の顔を近づけた。

「横領は、廃棄とは全く異なるとご存じですか」

視界の隅で、皆川の手下の一人が、びくっと体を震わせた。

皆川は動じなかった。しかし、皆川の澱《よど》んだ目の底に見えた覚悟の片鱗《へんりん》を、未来は見逃さなかった。

皆川は静かに訊《たず》ねた。

「何の話だ、嬢ちゃん」

未来は、頭に叩き込んだばかりの情報を吐き出した。

「昨晩から朝まで、実は別の調べものをしていました。皆川さんは工場で大規模なリストラをしていますよね」

皆川がリモコンを床に叩きつけ、がちゃん、とプラスチックの割れる音が響いた。コンクリートの床に黒いプラスチックの破片と電池が散乱した。

皆川は静かに答えた。

「だからなんだ。今がどんな時代か知らねぇわけじゃねえよな」

未来は証拠のニュースサイトの記事を見せようとして、やめた。釈迦《しゃか》に説法だ。本人たちが一番よく知っている情報だ。

未来は概要を一息に説明した。

「リストラ直後、あなたが下請けをしている《紫禁《しきん》電氣》より、大規模な製品製造発注がありましたね。あなたの工場の生産力を計算しましたが、とても間に合う数じゃない。おまけにリストラ直後で人も足りない。しかしあなたは受注した。引き受けなければ次の仕事はないからです。違いますか」

皆川は澱んだ目のまま、少しだけ、早口で答えた。

「うちの台所事情に首を突っ込まれる筋合いはねえ」

未来は、皆川を問い質した。

「亀井製作所のテレビも、皆川電工のテレビも、同じ三十二型。液晶も同じ液晶パネル製造会社から購入している。制御基板も、ほぼ同じ。違うところは、ガワと電源投入時のロゴだけ。あなたは考えた。亀井製作所の三十二型テレビを納品すればいい。皆川電工には特許権がある。だったら、亀井製作所のテレビを丸ごとブン盗《ど》って、ガワとソフトだけ入れ替えてしまえ」

皆川の手下たちが、顔を見合わせた。

皆川自身の額に脂汗が浮かんだ。

亀井が悲鳴に近い声を上げた。

「嘘《うそ》だろ、酷《ひど》過ぎる。認められるわけがない」

未来も即座に答えた。

「当たり前です。侵害品を没収して横流しするなんて、特許で認められる救済の範囲を超えています」

皆川の手下の一人が、力なく呼びかけた。

「社長やっぱり、いくらなんでも――」

皆川は手下を遮って怒鳴った。

「こっちはな、生きるか死ぬかを懸けてんだ！　嬢ちゃんも客商売なら分かるよな。発注ってのは絶対だ。納品できなきゃ首を吊《つ》るしか途《みち》はねえんだよ」

未来は冷徹に反駁《はんばく》した。

「生きるか死ぬかを懸けずに作る製品なんて、ありません。亀井製作所も同じです」

皆川は、形相を激しく変えた。

「こっちは特許があるんだ。ここにあるテレビは全部俺のもんだ。亀井、触るんじゃねえぞ。もし触ったらここの在庫、全部ぶっ壊して倉庫にガソリン撒《ま》いて火を点けてやる。ついでにてめえも地獄に道連れだ」

皆川が亀井に飛びかかろうとした瞬間、搬入口の扉が物凄《ものすご》い音を立てて動いた。錆のせいで、ほとんど動かなかったスライド式の搬入口が完全に開け放たれている。かつかつ、と音を立てて向かってくる、ほっそりとしたシルエットに、未来は覚えがあった。

とりあえず、文句を付けた。

「遅いわ、姚。ずいぶん時間がかかったわね。危うくクライアントが殴られるところだったわよ」

倉庫の中央に近づくにつれ、逆光で見えなかった顔が視認できた。

年齢は未来の一つ上、二十九歳。身長は百七十センチと、未来より十センチは高い。ヒールまで履くので見た目はさらに高くなる。真っ黒な髪をポニーテールで一纏めにし、均整の取れた顔立ちが際立つ。フレームのない眼鏡のせいで、より知的に見える。未来を含めて二人のみの、ミスルトウ特許法律事務所のもう一人のメンバー、パートナー弁護士で所長の姚愁林だ。

姚はハスキーな声で、はっきりと断じた。

「皆川電工の弁護士の居場所が分かった。深圳《シンセン》だ。連絡も取れた。皆川社長は面倒な弁護士がいない間に、亀井製作所からテレビをぶん盗る気でいたんだ」

未来は、姚を睨みつけた。

「調査ありがとう。でも先に連絡をしなさい」

「連絡をしたって、殴り合いになっていたら無駄だ。未来の身を案じて駆けつけたんだ」

「殴り合いを前提にしないで」

「否認は無理だろう。あれは百パーセント、侵害だ」

「弁護士は何があっても負けを認めない、ってあんたのセリフだけど」

「無理なもんは無理だ。だから、私がわざわざ弁護士の伝手《つて》を辿《たど》って、皆川電工の顧問弁護士と直接、話をする必要があった。違うか」

ともかく、裏付けは取れた。突如《とつじょ》始まった茶番を打ち切り、未来は皆川と亀井に向かって声を張り上げた。

「ミスルトウの正式見解をお伝えします。残念ながら、侵害です」

亀井の顔から生気が抜けていく。亀井は床に座り込んだ。

「そんな。破産です。どうすれば」

未来は、姚に目配せをした。姚は「予定通りで」と、小さく答えた。

未来は亀井に近づき、しゃがんだ。

「ここからは提案です。亀井社長、本件製品の在庫、皆川電工に全品販売できますか」

亀井は一瞬だけフリーズした後、はっと未来に振り向いた。

姚が背後からフォローする。

「特許権者の指示で生産したのなら、何の問題もない。実際、皆川電工は喉から手が出るほどテレビを欲しがっている。亀井製作所が生産力を肩代わりしたとするなら、在庫は無駄にならない。皆川社長も亀井社長も、地獄に行かずに済む。ウィン・ウィンだ」

未来は、姚をぎっと睨み付けた。

「ウィン・ウィンなんて、下品な言葉は使わないで」

「いい言葉だと思うが」

「言う側の話でしょう。姚、あなた誰かに『これでウィン・ウィンですね』って言われたらどんな気分になる？」

姚は一瞬だけ視線を横に逸《そ》らした。

「ほざいた奴を殴りたくなるな」

「だったら二度と、当事者の前で使わないで」

未来の呼びかけを無視し、姚は皆川にしれっと訊ねた。

「皆川社長、おたくの弁護士は我々の提案に頷《うなず》かなかった。しかし、文句があるとも答えなかった。つまり本提案については、社長の一存で決まります。納入価格は、今からお互いの代表者同士で交渉して決めればいいでしょう」

未来も、亀井に確認する。

「亀井社長、いかがですか。特許法上の解決策は、ほぼ尽きています。しかし、特許法以外なら、解決策はあります。いかがでしょうか」

亀井は、しばらく目を泳がせた。亀井の視線が、山積みの在庫に向いた。

「問題はありません」

姚が皆川に訊ねる。

「皆川社長は？」

皆川は考え込んだ。

しかし、すぐに首を横に振った。

「今から契約をしたって、過去の侵害は侵害だ。だいたい発注主にどう説明するってんだ。孫請け自体は問題ない。問題は事前報告義務だ。発注主の奴らは、縦の繋がりには煩《うるさ》いんだ」

姚は一呼吸した後、淡々と説明した。

「弁護士に、紫禁電氣からの下請け契約を詳細に確認して貰《もら》った。受注前から孫請け契約をしている相手なら、例外的に報告義務はない」

社長だけあって、亀井と皆川は、姚の台詞《せりふ》の意味を即座に理解した様子で、はっと顔を見合わせた。

皆川が、喉の奥から絞り出したような声で訊ねる。

「あんた、まさか」

未来の目から見た姚は、まるで魂の取り扱いについて巧妙に隠しながら人間と契約をする悪魔だった。自分も同類かもしれないが。

姚は皆川に強く問いかけた。

「よく思い出してください。実は亀井製作所と皆川電工は、下請けの契約を結んでいたんじゃありませんか。御社の戸棚を探したら、契約書が見つかると思いますよ」

皆川の目が怪しく輝いた。

「今から、過去の日付の業務委託契約書を捏造《ねつぞう》しろってのか」

姚は、理解できないといわんばかりの表情で、首を傾《かし》げた。

「捏造ではありません。契約を思い出して、あるはずの契約書を探すだけです」

「いくらで売るってんだ。こっちは下請けだ。紫禁電氣の発注額の中で製品を作って納品すんだ。奴らは、ほとんど原価と同額で発注してんだ」

「だとしても、タダでぶん盗るとは強欲に過ぎます。安くはないでしょうね。しかし高くもないでしょう。双方ともに同じくらいの妥協をして着地、でしょうか」

「こっちは特許があんだぞ」

「相手が売らないんだったら、意味はありませんよ。今すぐ必要なんでしょう。紫禁電氣への納品期限は？」

「一週間後だ」

「今から、ほかの侵害者を探しますか」

逡巡《しゅんじゅん》する皆川の姿を見て、皆川の手下たちが騒《ざわ》めいた。

「マジかよ」「めちゃくちゃだろ」「いやでも、社長の考えだってそもそもめちゃくちゃだし」「社長以上にめちゃくちゃくちゃだろ」

全員、皆川の手下の表情から、皆川電工の単なる従業員の表情になっていた。

皆川は、振り向きもせずにその場で怒鳴りつけた。

「何をぺちゃくちゃくっちゃべってやがる！　おいてめえら、今から帰って、契約書、探すぞ」

皆川電工の従業員全員が驚いて固まった。

姚が微笑《ほほえ》みながら未来を見た。

皆川電工の従業員の一人が、困惑した表情で訊ねる。

「社長、いくらなんでもヤバいですよ。もしバレたら、紫禁電氣どころか下請法とかいろいろ――」

皆川は断じた。

「探すったら探すんだよ。死ぬ気でな。ああ、死ぬ気でだ」

姚が颯爽《さっそう》と皆川の前に進み出た。

「私もお手伝いしましょう。弁護士でも、探し物の手伝いくらいはします。契約書の清書とかも」

皆川は、しばらく逡巡した。やがて、ニヤリと笑いながら訊ねた。

「いい度胸してやがるな、嬢ちゃんら。姚さんだったか、特にあんただ。度胸がある。中国人か。中国の商取引事情には詳しいか？　亀井のとこに置いとくにはもったいねえ。うちに来ないか。今の弁護士は、《弁護士ドットコム》で雇った奴でな。専属じゃねえんだ」

姚は背筋を伸ばして、堂々と答えた。

「アフターサービスが必要な中途半端な仕事はしません。ですので、ミスルトウは顧問契約をしません。あと今回の提案の概要は、大鳳が作りました」

亀井が、一際《ひときわ》高い驚きの声を上げた。

「姚先生じゃなくって、大鳳先生が契約書の捏ぞ――」

未来は、亀井の首根っこを絞めた。

「声が大きいですわ。皆が生き残れるんなら問題ないでしょ」

姚は何の気兼ねもなく続けた。

「私は、いつも未来の違法な作戦に従って動いているだけだ。全ての責任は、弁理士、大鳳未来にある」

未来の手に、若干の力が入った。

「私に全部、責任を擦《なす》り付けないで。クリエイティブな発想と表現しなさい」

ふと、手元を見た。亀井が泡を吹いている。未来はぱっと手を離した。

どさっと顔を真っ青に――しかし、何かほっとしたような表情で――亀井が床に崩れ落ちた。

立ったり倒れたりと忙しいクライアントだ。

亀井を介抱していると、皆川電工の従業員がベンツを倉庫に寄せた。

皆川たちは先に皆川電工に戻り、亀井が目覚め次第、姚が亀井を連れて皆川電工に向かう手筈《てはず》になった。

ベンツに向かおうとした皆川が、ふと立ち止まった。

皆川は、まるで世間話でも始めるかのように訊ねた。

「事務所の名前、なんでミスルトウなんだ」

「呼びにくかったですか」

「社名にミスなんて入れたら縁起が悪いだろう。俺なら付けねえ」

なるほどと思いながら、未来は答えた。

「ミスルトウとはヤドリギの英語名です。北欧ではトロール除《よ》けのお守りの意味があります」

皆川は、納得した表情で訊ねた。

「パテント（特許）トロールか」

未来は頷いた。

「姚が思いついた、つまらないシャレです」

皆川は笑った。

「元パテント・トロールの嬢ちゃんらが付けるなら面白い」

未来は驚いた。

「何が侵害だって話なの」

「この子だとさ」

姚が指差した画面を未来は凝視した。

皆川が電源を切った後も、動画はずっと裏で繰り返し再生されていた様子だった。

ディスプレイの中ではただ一人、天ノ川トリィが、渋谷の夜景をバックに歌い、踊り狂っていた。

2

確かに、ソフトウェアの仕事がしたいと言ったが。

東海道・山陽新幹線『のぞみ』の中で、未来は姚から送付された資料一式を読み込んだ。

エーテル・ライブ・プロダクションは、五年前に設立されたバーチャル・ライバー――ＹｏｕＴｕｂｅ上での活動が主のため、ＶＴｕｂｅｒの呼び名が一般的だが――の事務所だ。

もともとは別の名前で、ＩＴサービス全般を手広く取り扱っていた会社だった。ＶＴｕｂｅｒ事務所の事業は、数あるサービスの中の一つだった。

しかし昨今の爆発的なVTuber人気により、売上のほとんどをVTuber事業が占めるようになった。

経営者側は、社名をエーテル・ライブに変更。事業内容も、VTuber事業に集中させた。

VTuber事務所として、エーテル・ライブは日本一の規模を誇る。国内外を合わせて、所属VTuberは六十七名。YouTubeと、中国の《Bilibili》まであわせると、チャンネル登録者数累計は二千万人を超える。

経営状況が、全く理解できなかった。

VTuber事業って、どうやって売上を上げるのか。どこから金が入って来るのか。広告か。だったらVTuber事業なんて書かずに広告事業って書いて欲しい。

考えれば考えるほど、違和感の原因は、一つの疑問に集約される。

VTuberとは何か。

YouTuberならわかる。ペプシコーラの風呂に入ったり、渋谷駅のハチ公前交差点のど真ん中で、青信号の間に踊ったりする職業の人だ。

未来は、添付資料の中身を何度も確認した。

エーテル・ライブの企業情報がほとんどだ。VTuberについての説明資料はない。

ついでにだが、警告書の内容に関する資料もない。

情報漏洩《ろうえい》でもしたら大変なので、警告書の中身や警告の対象となった製品についての情報をメールで送るわけがない。しかし「ＶＴｕｂｅｒが警告を受けた」だけでは情報として少なすぎる。勝手ではあるが、もう少し事前情報が欲しかった。

ＶＴｕｂｅｒについて、未来もネットで調べた。しかしきちんとした説明は見つからなかった。もしかしたら、ＶＴｕｂｅｒに定義なんてないのかもしれない。

スマホを閉じた。依頼人に直接訊ねたほうが早い。

姚の提案通り、快速みえと新幹線を乗り継ぎ、東急東横線《とうきゅうとうよこ》武蔵小杉《むさしこすぎ》駅に着いたのは、午後五時を回ったところだった。

武蔵小杉駅から徒歩十五分の場所に、エーテル・ライブの事務所兼スタジオがある。

初夏の空は、まだ夕暮れと呼べるほどに赤味がかっていない。

立ち並ぶタワーマンションを眺めながら、未来はスマホで地図を確認しながら歩いた。

手荷物は、パソコンの入ったショルダーバッグのみ。着替えの詰まった小型トランクを自宅に宅配便で送って正解だった。引き摺《ず》って歩くには面倒臭い。

未来は歩きながら毒づいた。

「姚の奴、絶対に仕事の依頼をわんこそばか何かと勘違いしている。日本文化を間違って理解している」

早めに帰宅するサラリーマンのお父さんがたを速足で追い抜き、未来はエーテル・ライブの事務所に急いだ。

目的の事務所は超高層タワーマンションの下層部、オフィスフロアに居を構えていた。そこは二階から四階までオフィスフロアになっている。案内板を読むと、エーテル・ライブは、四階の全フロアを借り切っていた。

一階のショッピングフロアの喧騒《けんそう》を抜け、オフィスフロアに入った。二階、三階は、疎《まば》らに人がいた。エスカレーターで四階に入った途端、一切の物音が聞こえなくなった。

「関係者以外立ち入り禁止」と書かれた札が貼ってあるだけで、受付もインターフォンも、なかった。

未来は気にせず扉の奥に進んだ。

ＶＴｕｂｅｒの撮影スタジオがあるためか、防音が行き届いている。ひょっとしたら廊下の壁のすぐ裏で、演者たちが生放送の収録をしている可能性だってある。

奥に進みながら、未来は呟《つぶや》いた。

「最近は新しくオフィスを構える会社は、オフィス内の一室をＹｏｕＴｕｂｅ撮影用のスタジオとして使う、って聞いたけど。エーテル・ライブは全室スタジオなのか」

廊下を曲がると扉が立ち並ぶ通路に出た。依然として、しんと静まり返っている。通路の壁には扉が並んでいる。天井には五メートル間隔で監視カメラが設置されている。扉の奥に何があるかは不明だ。

無意識のうちに、未来は廊下の壁を拳で小突いた。

「何も聴こえないし、何も見えない。稼働している会社には見えない。実は単なるペーパー・カンパニーだったりして。VTuberも実は全部AIで、そもそも会社に人なんて誰もいなかったり」

回答は頭上から聞こえた。

『演者に関する情報は、最重要機密です。VTuberは、決して自らの正体を表に現しません。秘密保持義務がある人間であっても、会わせるわけにはいきません』

音源は、監視カメラだった。スピーカーの機能が備わっている様子だった。

最初のコミュニケーションが館内放送経由なんてクライアントは、未来も初めてだった。こめかみが、ぴくりと動いた。

未来は一番近い監視カメラに近づいた。レンズを見上げる。

「ミスルトウ特許法律事務所の大凰です。棚町隆司《たなまちたかし》社長でしょうか。名刺は、どうやってお渡しすればよろしいですか」

監視カメラでは、相手――棚町本人の可能性が高い――の表情は全くわからない。

棚町は、はっきりとした声で答えた。

『名刺は結構です。大鳳先生の評判はこちらで調べましたので、存じております。しかし、ずいぶんと遅かったですね。ご連絡を差し上げてから、四時間三十二分です。本来なら、今頃は契約の話に入っている予定でしたが』

「申し訳ありません。なにせ四時間三十二分前まで、三重にいましたので」

未来の目の前、廊下の壁が輝き出した。

廊下の壁に画像が映し出される。廊下の足元、壁と床の角に、垂直投影型のプロジェクタが埋め込んであった。

赤毛のショートヘアの女性キャラクタが、バストアップで映っていた。フリル付きのブラウスを着ている。

目力《めぢから》のある、年上の先輩を想起させるキャラクタだ。

『今、第八スタジオで撮影しているＶＴｕｂｅｒはエーテル・ライブに所属するトップライバーの一人、ミレディ・スプリングフィールドです。ネット上では、ファミリーネームをもじって「春原《はるはら》ミレディ」とか「春原さん」とか呼ばれています』

未来はミレディを凝視した。

コンピュータグラフィックスだが、手描きのアニメ絵にかなり近い。可愛《かわい》い、と表現しても問題はない。

映像の全体を見た。

画面の右側三分の一を占めている、小さな字のコメントが、物凄いスピードで流れていく。速すぎて読めない。

画面左下には、『同接数六八五七四人』と表示されている。

音声は聞こえないが、売れ筋商品の紹介をしている様子だった。背後に大量のカップ麵の画像が映っている。

眺めていると、棚町が訊ねた。

『ひょっとして、ＶＴｕｂｅｒにはあまり馴染《なじ》みがありませんか』

未来は素直に答えた。

「専門ではありませんが問題はありません」

棚町は、少しだけ間を空けてから訊ねた。

『初音《はつね》ミクはわかりますか。わかるとしたらどの程度ご存じですか』

未来は即答した。

「登録商標です」

スピーカーから、微《かす》かに溜息《ためいき》が聞こえた。

『初音ミクはボーカロイドの名称です。ボーカロイドとは、合成音声技術に関するソフトです。もっとも現在、初音ミクは独自の設定や性格を与えられ、製品名ではなくキャラクタとして一人歩きしていますが』

未来は思わず反論した。

「もうすでによくわからないので、わかる範囲でお答えします。『ボーカロイド』も登録商標です。一般名称ではありませんので、使用はご注意ください」

今度は溜息がはっきりと聞こえた。

『ではキズナアイ、はわかりますか』

記憶を全部ひっくり返したが、覚えはなかった。

「最近の登録商標を全て把握しているわけではありませんから」

『商標から離れてください』

棚町の声とともに、廊下を挟んだ反対側のスクリーンが明るくなった。

頭にハート形のリボンを結んだ少女のキャラクタが表示された。

どこかで見た覚えがあった。テレビのCMにも出ていたキャラクタだ。

『我々エーテル・ライブの所属ではありませんが、キズナアイは最初のバーチャルＹｏｕＴｕｂｅｒと呼ばれています。バーチャルＹｏｕＴｕｂｅｒ、略してＶＴｕｂｅｒです。もっともキズナアイ自身は、自分をＶＴｕｂｅｒとは呼びませんが』

スクリーンの中では、キズナアイが怖そうなゲームをプレイしている。薄暗い洞窟《どうくつ》で、物陰から突如現れたゾンビをピストルで撃っている。

音声は聞こえないが、キズナアイの表情はコロコロと変化している。

キズナアイのゲームプレイ動画を眺めていると、棚町の声が響いた。

『ＶＴｕｂｅｒとは、ＹｏｕＴｕｂｅｒの一種です。しかし実在する人間ではありません。漫画やアニメのキャラクタのほうが近いです。アニメのキャラクタが、ストーリーの制約から解放されて自由に生きているようなものです』

「キャラクタは誰が動かすのですか。声優もいるのですか」

『裏で動かす人がいます。声優もいます。両者は同じ場合がほとんどですが、別々に用意する場合もあります。ただしこの事実は、キャラクタ性が薄くなるため公表しません』

未来は、移動中に思っていた疑問を率直にぶつけた。

「ＶＴｕｂｅｒは、どうやって儲《もう》けているのですか？」

『基本はＹｏｕＴｕｂｅからの収入です。一つは広告収入。一回の再生でいくらの収入です。二つ目はスーパーチャット。ライブにおける投げ銭の収入です。弊所の売上の特徴としては、投げ銭の割合が多い。あとはグッズ販売やテレビ番組の出演などで得る収入です』

投げ銭についても、未来はかろうじて知っている。ＹｏｕＴｕｂｅのライブ配信では、配信者にチップ替わりの電子送金ができる。

棚町が続ける。

『約三百万人のチャンネル登録者数がいるキズナアイであれば、動画再生数、チャンネル・メンバーシップの月額料金、テレビ番組の出演などで、年収は一億円を軽く超えます』

キズナアイのスクリーンから光が消えた。

『投げ銭といえば、ミレディは先月、五分間で約一〇九・八万円の投げ銭を稼ぎました。特許事務所の弁理士は、五分でいくら稼ぎますか』

未来の胸の中には、仮想的な器がある。ガラス細工の見事な器だ。特定の出来事に反応すると、器の中には、どす黒い液体がこぽこぽと溜まっていく。

今の棚町の台詞で、器は八割まで満たされた。

未来は適当に計算し、ぶっきらぼうに答えた。

「四一六六円くらいでしょうか」

二秒ほど間をおいて、棚町が冷徹に答えた。

『時給五万円ですか。米国の特許弁護士と同等ですね。ご存じですか。オックスフォード大と野村総合研究所の研究によれば、弁理士業が二十年以内にＡＩに代替される可能性は九二・一パーセントとか』

ガラスの器は完全に満たされたが、表面張力でなんとか溢れずに済んでいる。

「そろそろ本題に入ってよろしいですか。警告書が届いたんでしょう。早く拝見したいです。もし弊所がお気に召さなければ、他の事務所を当たってください」

監視カメラは、沈黙した。

何分くらい経ったか。三十秒程度だったか。静寂《せいじゃく》の後、棚町の声が再び響いた。

『申し訳ありません。我々としても、警告書は初めてです。混乱しています。勝率が高くてすぐに引き受けてくれる法律事務所を探したところ、貴所が見つかりました』

視界の端で、ミレディがカップ麺を前に笑顔を見せていた。

未来はレンズに向かって微笑んだ。

「せっかくですし、お互いにお顔を合わせてお話しできれば。立ち話で済む内容とは思えません、というか立っているのは私だけな気がしますし」

棚町は、ツマミ一つ分だけボリュームを落としたような声で訊ねた。

『一つだけ確認させて下さい。ミスルトウは成功報酬以外受け取らない、とは本当ですか』

未来は呆れて答えた。

「弊所のサイトに書いてある通りです。成功報酬のみ。着手金不要。報酬は負けた場合に支払う賠償額の三十パーセント。訴訟はさせずに解決します。万が一、訴訟に持ち込まれた場合、第一審までは無料で代理します」

例えば、相手から一千万円の損害賠償請求をされた場合。相手を完全に追い払えれば、ミスルトウの報酬は三百万円となる。

棚町は即座に続けた。

『負けた場合、本当に代理人手数料はビタ一文払わなくていいんですね』

面倒だが契約に関する話なので、きちんと頷いた。

「珍しい話でしょうか。保険のセールスも御社のVTuberも同じ。売上があって初めて給料が賄《まかな》えるわけですよね。我々の場合、売上ではなくどれくらい損失を食い止めたかですが」

棚町の質問は続いた。

『大鳳先生も姚先生も、元パテント・トロールとは本当ですか』

未来は静かに答えた。

「確認は、一つだけではなかったのですか」

かちゃん、と金属の擦れる音がした。

ミレディ・スプリングフィールドのスタジオの、奥の扉から人影が現れた。

二十代後半だろうか。細いシルエットの男性が現れた。白いシャツ、スキニーの黒いジーンズ、ぺたんとした真っ白のスニーカー。

しかし真っ黒のヘルメットでも被っているような、もっさりとした髪形が、いろいろとぶち壊していた。黒縁の眼鏡《めがね》もファッションなのか、単に眼鏡に興味がないだけなのかわからない。

未来は、会釈《えしゃく》もせずに即座に問い質した。

「棚町隆司さんで間違いありませんか」

棚町は、まるで小学生が近所のおばちゃんに挨拶をするような、「へこっ」としたお辞儀をした。

頭を下げるのと同時に、通路の壁が全て輝き出した。

通路に埋め込まれているプロジェクタが、全て映像を映した。画面の中では、ＶＴｕｂｅｒたちの動画が流れている。

しかし雰囲気とは裏腹に、棚町はスピーカーで喋《しゃべ》っていた際の、はきはきとした声で名乗った。

「エーテル・ライブ代表取締役の棚町です」

未来は、会釈をしながら棚町を眺めた。歓迎のアトラクションなのか、棚町社長が目立ちたいだけなのか。

社長なんてみんな目立ちたがり屋、と十把《じっぱ》一絡《ひとから》げにしてもよくないが。

棚町は薄く笑った。

「ランチには遅いですが、寿司はどうですか。今日は寿司職人を呼んでいるんです。

握らせますから」

寿司と聞いて、喉から胃にかけて、地殻変動が起こったような激震が走った。

今朝からまともに食事もしていない。移動中はずっと資料を読んでいた。プロテインバーを一つ食べただけだ。

しかし未来は、微笑みながらゆっくりと近付いた。

「お気持ちは嬉《うれ》しいのですが、早くビジネスの話に入りましょう」

棚町はしれっと答えた。

「寿司は、演者たちが事務所に来る日によく振舞っています。ついでとは失礼でしょうが、食べる人間が一人増えたところで特に変わりませんし」

棚町はジーンズの後ろ側のポケットに手を入れた。

スマホを取り出して操作をすると、廊下の映像が全て消えた。

すぐに、ぱっ、と棚町のすぐ隣の壁が光った。

未来は、一歩下がって映像を見た。

今日、最初に見たVTuber、天ノ川トリィが映っていた。

棚町が説明する。

「これはデビュー初期に撮影した、トリィのプロモーション動画です」

亀井製作所製の薄型テレビで見た動画とは別の動画だった。真っ白な背景の中で黒いドレスにベールを被ったトリィが、両手を合わせ、祈るように佇《たたず》んでいる。後頭部で二つに分かれた金色の髪が、風でまっすぐになびいている。

棚町はすぐに別の映像に切り替えた。

「これはＹｏｕＴｕｂｅでの公開から二週間で二千万回再生を超えた曲『アンライヴァルド』です」

ぱっと画面が切り替わった。くすんだ黄色の空をした、荒野の背景が現れた。砂煙の中から、トリィのシルエットが現れた。白いワンピースに赤いヒールを履いている。音声はないが、トリィの口元の動きから見て歩きながら歌っている。

トリィの通り道を挟んだ両側から、戦車やら戦闘機やらミサイルを積んだロボットやらの大群が現れる。一斉に砲撃が始まった。トリィは気にせず、歌いながら歩く。砲弾やミサイルやレーザーが、トリィに向かって飛ぶ。全てトリィを逸れて外れる。爆風が連鎖的に発生する。トリィは無傷で、ただ歌いながら歩く。歌の内容は、わからない。

未来は訊ねた。

「弾丸や爆風は、後から合成したＣＧですよね」

棚町は頷き、スマホを操作した。

「もちろん合成です。リアルさを追求したいなら、こっちですね」

また画面が切り替わった。竹林の奥に、寂れた庵《いおり》が映っている。

庵の周りを、ぼろぼろの着物を着た男二人が刀を持って見張っている。

カメラが庵の中を映す。薄汚れた着物を着た女性が、赤子を抱えて泣いている。

カメラがぐるっと向くと、庵の中は、ならずものだらけだった。総勢、三十人以上。ならずものたちの先頭には、頭領らしき大男が、血まみれの鉈《なた》を持って下品に笑っている。頭領は、額から右目にかけて、大きな傷がある。

棚町が説明した。

「トリィの特技の一つは格闘技です。デビュー当初は見せる機会がありませんでしたが、一部のファンよりリクエストがあったので、急遽《きゅうきょ》作った映像です」

未来は訊ねた。

「これも全部CGですよね。ならず者たちも合成でしょう」

「当初の予定では。しかしトリィが『実際に相手がいないとやる気にならない』とゴネました。仕方なく、ならず者三十五人分の格闘家をモーションアクターとして集め、実際に闘わせました。CGキャラクタの動きは全て人間の動きの取り込みです」

頭領は笑いながら鉈を振り上げた。入口の襖《ふすま》が吹っ飛んだ。見張りの二人が、砲弾のように庵の中に飛んで来る。

革のライダースーツ姿のトリィが現れた。まず、ならずもののうちの三人が、まばらに襲いかかった。トリィは宙に回転しながら、ならずものの一人を蹴《け》り飛ばした。蹴り飛ばされた男は、他のならずものたちの一群にぶつかった。

ならずものたちが一斉に襲いかかった。トリィは全員を足技だけで叩き伏せた。

未来は信じられなかった。

「動画の撮影現場では、生身の人間がこの通りに蹴り合っていたと」

「怪我人が三十五人出たので二度とやりません。トリィはスタント俳優ではなく格闘家を要求しました。正解でした。格闘家ですら吹っ飛ぶのに、普通の俳優なんかを連れてきたら死んでいます」

頭領の姿が見当たらない。死角から、頭領が鉈を振るう。スローモーションで、鉈がトリィの首に向かって振られた。首に近づいた瞬間、スローモーションが解かれる。トリィは澄ました表情で、姿勢を低くし刃を避けた。そのまま勢いを殺さず、トリィは頭領に向かって跳び上がった。両足を頭領の首にかけた。頭領の驚いた顔が一瞬だけカメラに映った。直後、トリィの足に巻き込まれたまま、頭領の脳天は床に叩きつけられた。プロレスの大技、フランケンシュタイナーだ。

棚町が映像を切った。

棚町が嘘を吐《つ》いているとは思えなかったが、未来としてはまだ半信半疑だった。

棚町は説明を続けた。

「今、隣のスタジオに入っているのが天ノ川トリィの演者。一年前にデビューしたVTuberです。彼女は先月一か月で二億円を稼ぎました。一か月での二億円台は事務所初です。動画の再生時間で割れば、五分で三五〇万円を稼ぐ計算です」

未来はざっと計算した。

「たしか世界で最も稼いだモデル、ケンダル・ジェンナーの年収が十億円。半年でスーパーモデルの稼ぎを超える計算です。本当ですか」

「前代未聞ですよ。逸材《いつざい》です」

ふと未来は、ミレディ・スプリングフィールドを見た際の違和感の正体に気付いた。

天ノ川トリィはVTuberの中でも表情が豊か過ぎる。

グラフィックスの美麗さもあるが、天ノ川トリィの最大の特徴は、ほとんど人間と同じレベルで、表情、行動、仕草が表現されている点だ。

棚町が、トーンの落ちた声で答える。

「昨日、弊所エーテル・ライブに送付された警告書を、私は寝ないでずっと読んでいました。何度読んでも『天ノ川トリィの存在は侵害だ』としか解釈できませんでした」

直後、微かに建物が揺れた。

立て続けに小さな地響きがあった。すぐに壁が揺れていると気づいた。

未来は地震かと思った。

「地震にしては局所的な感じですが」

棚町が、くやし気に目をつむった。

今度は、壁に巨大な鉄球でもぶつけたような振動が起きた。

「誰かが、壁でも殴っている？」

棚町が呟いた。

「やはり、でき合いのトラッキング装置では話にならなかったか。少しお待ちくださ い」

棚町は、スマホで誰かに電話をかけた。

「私だ。撮影は中止です。トリィが拳を痛める前にやめさせて下さい。今以上に生傷を増やさせてはいけない」

壁の振動は続いた。

「天ノ川トリィは武芸百般、あらゆる武器に精通した、天ノ川流殺法の開祖です。しかし一番の武器は、己の肉体を武器とした、天ノ川流拳法です」

急に現れた設定に、未来はついていけなかった。

棚町は、未来の心理を知ってか知らずか、続けた。

「さっきの動画、三十五人を叩きのめしたって信じていませんよね」

答えにくかったので、話題を逸らした。

「動画の視聴者は、信じたのですか」

意外にも、棚町は頷いた。

「トリィのさっきのライダースーツ姿でのアクション、動画を投稿した五分後に、截《ジー》拳道《クンドー》がベースだってファンにばれたんですよ。合成ではあんなに完全に再現できない、とも」

截拳道は、ブルース・リーが開発した武術スタイルだ。しかしフランケンシュタイナーは截拳道なのか？

考える間もなく棚町の背後の扉が轟音《ごうおん》とともに吹っ飛んだ。

扉と共に、スキンヘッドにタンクトップ姿の大男と、空手の道着を着た短髪の男が廊下に吹っ飛んだ。

既視感があった。既視感の正体を確認する前に、扉がなくなり、防音機能が役立たずになったスタジオから悲鳴が聞こえた。

「やめろ、トリィ！」「取り押さえろ！」「トリィさん落ち着いてください！　ぎゃああああ」

壁に人がぶつかる音がした。

棚町は未来のほうを向いたまま俯《うつむ》いていた。背中で悲鳴を聞いている。

棚町が困り果てた声色で懇願した。

「エーテル・ライブで見た一部始終について、他言しないと約束してください。他の条件は付けません。代理人費用も、言い値でお支払いします。彼女が、トリィが存在する自由を守ってください」

棚町の言葉の意味を確認するため、未来はスタジオの中に足を踏み入れた。

スタジオはめちゃくちゃだった。もとは何があったのかもわからない。壁の鏡という鏡は全て割れ、スタジオの四隅に配置されていたであろうカメラや照明スタンド、その他の機材は倒れ粉々になっている。

機材と同じように、スタッフが重なって倒れている。ジャージ姿、ボクサーパンツ姿、道着姿などなど計八名、格闘家らしき姿のスタッフばかりだった。全員、完全にのされている。

未来の視界が異質な存在を捉えるまでに時間はかからなかった。

渦《うず》の中心に、一人の女性が背を向けて立っていた。

身長は百七十センチ程度。雰囲気からして二十代前半か。体にぴったりと張り付く、長袖《ながそで》の青いボディスーツを着ていた。スーツの背中は開いている。隙間《すきま》から見える生身の体は、ところどころに傷があった。

長い黒髪を二つに分けて後頭部で結んでいる。

未来は思わず、呟いた。

「天ノ川トリィ？」

トリィの演者はゆっくりと振り向いた。

恐ろしく整った顔をしていた。肌は真っ白で、アーモンド形の目が、興奮で大きく見開かれている。

未来は完全に混乱した。

天ノ川トリィの演者は、動画の中で、電子の存在だったグラフィックスを、そのまま現実に具現化させた姿形をしていた。

未来の質問に対して目の前のトリィは、首をゆっくりと横に振った。

奇妙な話だが、未来は天ノ川トリィの演者と話しながら、天ノ川トリィの動画を見ている気分になった。

未来の心境を察したのか、棚町社長が声をかける。

「最初だけです。すぐに慣れます。ＶＴｕｂｅｒの天ノ川トリィも、演者の天ノ川トリィも」

天ノ川トリィの演者は、ひびの入ったディスプレイを指さしながら怒鳴った。

「こんなの私じゃない！　今すぐ元のツールに戻して！」

響いた声は、三重の亀井製作所で少しだけ聴いた天ノ川トリィの声と完全に同じだった。

第二章

唯一無二の大人気VTuberが特許権侵害？

1

スタジオの並ぶ通路を抜けると、奥に棚町の執務室があった。

室内はデスクと椅子《いす》と棚だけだった。

だだっ広いシンプルなデスクに、ノートパソコンが置かれている。

棚町がステンレス製のコーヒーメーカーからコーヒーを淹《い》れた。

「適当に座ってください。エーテル・ライブは来客も問い合わせも、本来受け付けない会社です。応接室とかありませんから」

未来は、デスクの上に無造作に置いてある茶封筒を見つけた。

「警告書ですね。正式な契約前ですが、弁理士には秘密保持義務があります。読ませてください」

「メールでも同じ内容の文書が届いています。共有しますので、あとで送るアドレスを教えてください」

配達証明郵便で届いた封筒には、《株式会社ライスバレー》のロゴが入っている。聞いた覚えのない会社名だった。

封筒を開いた。中身は、侵害警告書本文と特許公報の写し、あと送付状だった。

警告書の内容を確認する。『御社に所属するVTuber天ノ川トリィが使用している撮影システムの使用行為は、弊社の有する専用実施権を侵害する』

「あまり見ない形の警告です」と、未来は珍しさを感じて呟いた。

「正確には、特許権侵害ではありません。専用実施権の侵害です。珍しいパターンです」

棚町は困った表情で訊ねた。

「疎《うと》いもので、説明を頂けると助かります。そもそも、特許とは正確には何ですか？」

「新しい技術を創ったら、それを独占できる権利です。公開することを条件に、国から貰えます。世の中の技術進歩に貢献したご褒美ですね」

「具体的には、特許で何ができるのですか」

「特許を持っていない人の、作る、売る、使うを中止できます。これを差し止め請求といいます。また損害賠償も請求できます」

「我々は、トリィの撮影機材が特許侵害だったなんて、知りませんでしたが」

「いかなる理由であれ、特許は侵害したほうが悪いとするルールになっています。知的財産権の中で特許権が最強と呼ばれる理由の一つです」

棚町は納得のいかない様子だった。無理もない。

さらに、棚町は質問を続けた。

「専用実施権、でしたっけ。特許とどんな関係があるんですか」

「ライセンスの一種です。ライセンスとは、特許を持っている人からの事業許可証です。例えば、どこかのブランド企業から注文を受けてハンドバッグや服を作った下請け会社は、侵害とは言われませんよね。これは裏でライセンスを得ているからです」

棚町は首を傾げた。

「ということは、下請けが警告書を送ってきたのですか？」

未来は続けた。

「特許を譲り受けたようなものなので、下請けどころか自分が発注元になれます。特許権者に代わって技術を独占する強力なライセンス。これが専用実施権です」

棚町は、右手を口元に当てて考え込んだ。

「聞いたことがないですね。どんな人が持つライセンスですか」

「普通なら、特許権者と強い信頼関係がある相手です。親会社と子会社とか、実際の親子とか」

棚町は少し考えた後、呟いた。

「誰でも受けられるわけではないと」

未来は頷いた。

「大事な特許の譲渡ですから。例えば、特許権者が自分で訴訟をしたくない場合。訴訟は面倒だな。でも侵害品は許したくないな。そうだ、信頼できる提携先のA社にライセンスを与えて、代わりに侵害品を取り締まらせよう、とか」

棚町は、目を瞑って考え込んだ。

「特許権者はどうなるんですか」

「引退状態になるので、自分は何もできなくなります。しかしライセンスですから、A社からライセンス料を貰い続けますね」

棚町は頷いた。

「なるほど。売ってしまったら利益は一度きり。でもライセンスなら、利益がずっと出る」

「不動産と同じです。売ってお金を得るか、貸して家賃で儲けるかの違いです」

棚町は俯いた。なんとか状況を整理しようとしている様子だ。

未来は警告書を眺めながら、棚町に訊ねた。

「警告書を送ってきたライスバレーの社名に覚えは？」

棚町は、首を大きく横に振った。

「まったくありません。ネットで調べたところ、土地や建物の測量用ソフトメーカーのようです」

警告書を読み進める。相手の主張は、以下の通りだ。

エーテル・ライブのVTuber、天ノ川トリィの使う「撮影システム」は、弊社の特許ライセンスを侵害する。

ライスバレーは、撮影システムの使用中止と廃棄を請求する。

またライスバレーは、侵害による損害賠償を請求する。請求額は「エーテル・ライブの全体の売上額に〇・一を掛けた額」である。

エーテル・ライブは、本請求に対し二週間以内に返答すべし。

警告書の末尾には、ライスバレーの代表取締役社長、米谷勝弘《こめたにかつひろ》の署名があった。

未来は思わず呻《うめ》いた。

「請求額が高すぎる。『全体の売上額』に〇・一を掛けるなんて普通はありえない」

損害額は通常、『利益』の何パーセントと計算する。売上では計算しない。

棚町が失笑した。

「うちの『全売上』の十パーセントを支払えと請求しているんですよね。利益が出ていなくても、赤字でも払えって意味ですよね。ふざけていますよ」

棚町の気持ちはわかりながらも、未来には嫌な予感がしていた。

警告書の中身は差し止めと損害賠償のみ。

金銭が目的なら、損害賠償額はもっと現実的になる。

さらに強欲な企業になると、「今後も天ノ川トリィが活動を続けたいなら、金を払えば認めてやってもいい」との話、つまり今後のライセンス契約についても書くはずだ。

　金が目的ではないパターン。単純な、侵害者の排除。

　封筒の届いた日付や、応答期限を再度、確認する。

「回答期限は二週間後。急がないと。ところで、エーテル・ライブに顧問弁護士はいますか？　弁護士に意見は訊きましたか？」

　答えは未来の予想していた通りだった。

　棚町が困った表情で答える。

「弁護士ドットコムでいつも相談している真島《まじま》先生に相談しました。しかし特許紛争の経験は皆無との話です。経験と知見のある、他の弁護士か弁理士に依頼すべきだと」

　現在日本で、まともに侵害を扱える法律事務所は片手で数えるほどのみ。全て大手だ。姚と未来は、大手事務所の独占市場に対し真正面から競争を挑んだことになる。

　結果は、クライアントの規模を問わないひっきりなしの電話が、全てを語っている。

　未来は、姚の生意気な表情を思い返しながら答えた。

「身の程を弁《わきま》えている弁護士は好きです。荒くれ馬みたいな、うちのパートナー弁護士を毎日見ていると、なおさら」

　棚町が、そわそわしながら訊ねた。

「引き受けて頂けますか」

未来は警告書を脇《わき》に退け、はっきりと答えた。

「弊所は、顧問契約以外の仕事は全て引き受けます。どんな内容であっても」

棚町は安堵《あんど》した。

「助かります。私には、所属するＶＴｕｂｅｒたちを守る義務があります。万が一にも、彼・彼女たちの表現の自由が奪われるなら、戦う義務があります」

未来は棚町に対し、改めて確認した。

「依頼内容を確認します。警告書に対し、天ノ川トリィの活動を守ること。間違いありませんか」

棚町は、ゆっくり頷いた。

「間違いありません」

未来はまず、計画を説明した。

「ステップその一、まず特許の内容を確認します。次に、撮影システムを調査し、特許と比較します。最後に対抗策を検討します」

棚町が怯《おび》えた目で訊ねる。

「もし侵害が確実で、対抗策が何もない場合はどうするのですか」

未来は微笑んだ。

「いかなる手段でもクライアントの才能を守るのが私の仕事です」

説明しながら、未来は脇に退けた警告書を横目で見た。

完全に天ノ川トリィだけを狙《ねら》い撃ちした警告だ。天ノ川トリィ以外は警告を受けていない。

狙い撃ちだとしたら、なぜ天ノ川トリィだけなのか。

疑問は残るが、未来は警告書を置き、特許公報を手に取った。

「では最初の確認として、問題の特許技術を確認します」

棚町が頷く。

「特許技術が、トリィの撮影システムと無関係なら、侵害でないんですよね」

「仰る通りです。だからきちんと確認します」

いよいよ、問題の特許の中身の確認だ。

特許権者名を確認する。《株式会社ハナムラ測量機器》。敵のボスで、手下のライスバレーにライセンスを与えた特許権者だ。

発明の内容を確認する。きっかり十五分後、未来は、特許権の内容を整理した。

「特許技術は、人の動きをレーザーで《トラッキング》して、CGのキャラクタを動かす撮影システムです。トラッキング技術は、ご存じですよね」

棚町は、不満を露《あら》わにして頷いた。

「通常、ＶＴｕｂｅｒの演者はカメラの前で喋ったり踊ったりします。カメラは人の動きを取り込み、ＣＧキャラクタに同じ動きをさせます。これがトラッキング技術です」

棚町は、不機嫌な表情のまま訊ねた。

「あまりにも基本的な技術です。もしそれが特許技術なら、全てのＶＴｕｂｅｒは活動ができなくなります」

「仰る通りです。これだけで特許技術になるなら、あまりにも広い。特許庁の審査官は特許として認めないでしょう。特許技術はもっと狭い範囲です」

未来は特許技術の中身を説明した。

「まず、カメラを使ったものは特許技術から外れます。特許技術はレーザーを使ったものだけです」

棚町は浮かない顔で答えた。

「普通はカメラを使いますね」

棚町の表情から察すると、天ノ川トリィはレーザーを使っている。

未来は続けた。

「次の限定です。レーザーで取り込んだデータはパソコンに送ります。送るときに、《仮想ネットワーク技術》で送るものは特許技術です」

まるで、頬に疑問符をべっとりと張り付けたような表情で、棚町が訊ねる。

「全くわかりません。仮想ネットワークとは、なんでしょうか」

未来は、特許公報の図面を見せた。

以前、携帯電話に関する事件を引き受けた際に見た図と同じだった。

「第五世代移動通信（5G）で用いられている技術です。高度な技術ですが、今までにない大容量の超高速データ転送が行えます」

かなり突飛な限定だが、未来は驚かなかった。

5G技術に興味がある会社は、何も携帯キャリアだけではない。ほぼ全ての産業が5Gの応用を検討している。

棚町は、眉間に皺を寄せた。

「ライスバレーは、5Gの通信方式をVTuberの撮影システムに応用する特許技術を持っている、ということですか？」

「5Gもレーザーも両方使うものだけです」

未来は特許公報を閉じた。

「次は撮影システムを調査します。念のため天ノ川トリィ以外のVTuberも教えてください。VTuberの演者たちは、どんな撮影システムを使っていますか」

棚町は驚いて訊ねた。

「警告を受けているのはトリィだけでは」

「追加で警告される可能性もあります。全員分を把握しておくべきです」

　棚町は即座に答えた。

「ツールの選択は各演者に任せています」

　未来は微笑んだ。

「ステップその二では、特許技術を使っていないものから探します」

「どうしてですか」

「そっちのほうが簡単だからです。5Gとレーザーを両方使っているなら侵害です。でもレーザーだけ使っているとか、両方使っていないなら、侵害ではありません」

　棚町が頷く。

「なるほど。そうやって判断するのですね」

「切りやすいほうから切りましょう。レーザーを使って撮影しているVTuberはいますか」

「トリィ以外の演者ではいません。皆スマホで撮影していると思います。それに、レーザー・スキャナ付きのスマホなんてあるとは思えません」

「念のため全員分確認しておく必要があります。しかし侵害はしていないでしょう。問題は、天ノ川トリィです」

改めて、未来は棚町に要求した。

「では、天ノ川トリィが使っている撮影システムを見せてください」

棚町は神妙な表情で頷いた。

「第一スタジオにあります。トリィは、いつも第一スタジオで撮影をしていますから」

未来は、先程トリィによって破壊されたスタジオを思い返した。

「さっき天ノ川トリィが暴れたスタジオは、第一スタジオではないですよね？」

「第三スタジオです」

侵害被疑品は無事だ。

未来は続けて確認した。

「警告書が届いてから、天ノ川トリィは撮影システムを使いましたか」

棚町は首を横に振った。

「警告書が届いた昨日から、使わせないようにしています」

「正しい判断です。警告書が届いた以上、まずは使用を中止したほうが無難です」

棚町はスマホでトリィに電話をかけた。

スマホを耳に当てたまま、棚町が待つ。通話は始まらない。

「出ないな。すみません、ＬＩＮＥで連絡します」

未来は首を傾げた。

「第一スタジオは天ノ川トリィ以外は開けられないんですか」

棚町は苦笑いしながら答えた。

「開きますよ。本来、スタジオは空いているなら演者が自由に使っていいルールです。しかし第一スタジオは、トリィがずっと使い続けています。実質的にトリィの専用スタジオです。知らないうちにスペアキーを取られていましたし」

「本鍵《ほんかぎ》で普通に開ければよいのでは」

棚町は、視線を泳がせた。

「プライバシーもありますし。なにより、勝手に開けると酷く怒るんですよ」

未来は呆れた。今は緊急事態だ。プライバシーもへったくれもない。

しかし、棚町の立場も理解はできる。天ノ川トリィはエーテル・ライブの稼ぎ頭だ。経営層も文句は付けにくいだろう。

むしろ、優れた演者に対するよい環境の提供は、事務所側の務めといえなくもない。

棚町は、舌打ちをしながらスマホを操作した。右手でスマホを操作しつつ、左手でパソコンを開く。

「いずれにせよ、実物の確認の前にお見せしたい動画があります。真島弁護士にも見せたトリィの撮影システムの説明用動画です」

棚町は何度かタッチパッドを操作した後、画面を未来に向けた。

「まず比較のために、普通の撮影ツールの性能をお見せします」

画面は右側と左側で、二つの映像が分かれて映っている。

画面の左側には、CGキャラクタが映っている。先程見た、ミレディ・スプリングフィールドの全身だ。

一方で画面の右側には、二十代後半と思《おぼ》しき女性が映っている。演者だろうか。ジャージ姿だ。

棚町が短く断じた。

「右側の女性は、ミレディの演者です。演者の情報については一切公言しないでください」

動画が再生される。演者の動作はトラッキングされている。右側の演者が首を傾げると、〇・五秒程度遅れて、左のミレディも首を傾げた。

ラジオ体操のメロディが流れ始めた。右側の演者が、メロディに合わせてラジオ体操を行う。

左側のミレディも、〇・五秒遅れて、ラジオ体操を開始する。

棚町が説明する。

「ミレディの表情と、足の爪先をよく見ていてください」

演者が体操をしながら大きく瞬《まばた》きをした。ミレディも遅れて瞬きをしたが、まぶたは完全に閉じない。

未来は棚町の顔を見た。棚町が呟く。

「データ欠けです。通信速度が遅いせいで、瞬きをしきった瞬間の撮影データが消えたんです」

ふと、ミレディの爪先を見た。

足首から先が、ぷるぷると震えている。

演者の足は震えていない。床に着いている。

棚町が答える。

「ミレディの爪先が勝手に動くんです。演者の爪先まではトラッキングできないので、ミレディは爪先をどう動かせばいいかわからず困ってしまうんです」

動画が終わった。

棚町が、別の動画ファイルを開く。

「今の動画は、普通の撮影システムです。次は、トリィの使っている撮影システムです」

先程と同じように、液晶ディスプレイには二つの映像が映し出された。

画面左側には、CGキャラクタの天ノ川トリィ――セルリアン・タワーの屋上で歌って踊ったり、ミサイルやレーザーが当たらなかったり、山賊団を壊滅させた、金髪を二つに纏めたほう――が表示されている。ライダースーツ姿のトリィは腕を組み、長い足を肩幅に開いて立っている。表情は少しツンとしている。

一方、画面右側には天ノ川トリィの演者――ついさっき大の男を八人叩きのめした、黒髪を二つに纏めた女性――の全身が映っている。

演者はCGのトリィと瓜《うり》二つだった。CGと同じくライダースーツ姿で腕を組み、足を肩幅に開いて立っている。遠くから見れば区別はつかないだろう。

画像から判断すると、右側の画面は、スタジオ内の映像だ。第一スタジオだろうか。スタジオの四隅には、黒い三脚に載った、黒い箱が見える。未来にはレーザー・スキャナに見えた。

棚町が微笑みながら説明する。

「デモ用に、とりあえず何か動いてくれと伝えたんです」

演者が面倒臭そうに右手を上げた。鏡に映したように、CGも右手を上げる。

未来は驚嘆した。

「追随が速い。ほとんど遅れがありませんね」

棚町が未来にしれっと訊ねた。

「マイケル・ジャクソンの『Smooth Criminal』のステージ、動画などで観た経験はありますか」

未来は首を横に振った。

「洋楽はあまり詳しくなくて」

「歌はありませんが、ダンスを今から見せます」

演者が右手を下ろす。直後に演者が右手を右下に、左手を左上に構え、少しだけ顔を後方に逸らした。

何もないはずの天ノ川トリィと演者の手元に、マシンガンが見えた気がした。

天ノ川トリィのパフォーマンスに集中する。

演者の動きとCGキャラクタの動きを見比べた。演者もCGのトリィも、踊りながら微笑んでいる。

微細な動き、表情まで、何もかも完全に鏡映しだった。

未来は感嘆した。

「目の瞬きまで完全に再現されています。指の動きも、全てきちんと反映されている」

天ノ川トリィの演者のパフォーマンスは完璧だった。マイケル・ジャクソンには疎いが、疎い未来でも、じゅうぶんダンスの凄さは理解できた。

驚くところは演者のパフォーマンスだけではなかった。撮影システムは、演者の突出した演技を電子の世界に完全再現させている。

比較で見せられたミレディの動画を思い返した。

ミレディのキャラクタは文句なく可愛い。

しかし、天ノ川トリィが持つ微細な表情の変化や、指先の爪の先にまで宿る神々しい表現力はミレディには皆無だった。

ミレディには申し訳ないが、天ノ川トリィの前では、単に可愛いだけの人形だった。

ＶＴｕｂｅｒ天ノ川トリィとは、演者の突出した表現力と最新技術の融合による奇跡の産物だった。

棚町のスマホに着信があった。

棚町はスマホを耳に当てると、眉間に皺を寄せて答えた。

「トリィがいなくなった？　気分が乗らないから帰っただと」

「困ったな」と呟きながら、棚町は通話を終えた。

「お聞きの通りです。いつもの撮影システムが使えず、トリィは不機嫌です。他の撮影システムでは性能が足りません。トリィが暴れるのも無理はありません」

一応、未来は確認した。

「さっきから『トリィが、トリィが』っておっしゃっていますけど、ＣＧのトリィの話ですか？」

棚町が呆れた表情で答えた。

「違いますよ。演者のほうです」

「VTuber業界では演者もVTuberの名前で呼ぶ習慣なのですか。演者の名前は？」

「本名は私も知りません。あるんでしょうけど、本人も『天ノ川トリィだ』と名乗っていますから」

肩から力が抜ける気がした。

「よく契約しましたね」

棚町は、首を傾げた。

「おかしいですか。契約はエーテル・ライブと演者本人が納得すればいいわけでしょう」

ひょっとしたら、私がおかしいのだろうか。VTuber業界は謎が多すぎる。

仕方がないので、棚町にならい今後は演者も『天ノ川トリィ』と呼ぼう。

未来は棚町に願い出た。

「とにかくどんな撮影システムなのか確認しましょう。今すぐに第一スタジオを開けてください」

棚町は悩んだ末に答えた。

「わかりました。しかしトリィがいないので、実際の動作はさせられません。構いませんか」

未来は微笑んだ。

「動かせなくても、ある程度はわかりますから」

棚町に連れられ、未来は第一スタジオに入った。

スタジオの広さは、およそ六十平米。個人で使うならかなり広そうだ。

中央のステージを囲むように、撮影機器が四つ配されていた。黒い箱が三脚の上に載っている。

スタジオの隅の机には、高さ三十センチくらいのコンピュータとキーボード、あと四十インチのモニタが置いてある。

演者の私物は見当たらない。撮影システムの使用中止と同時に片付けたのだろうか。

未来は三脚の一つに近づいた。三脚上の撮影機器を観察する。

カメラではなかった。半透明の黒いレンズが装着されているだけだ。カメラ用のレンズではない。

未来は確信した。

「レンズの特徴から見て、レーザーを使った撮影システムですね」

棚町が頷く。

「おっしゃる通りです」

「レーザーなら、解像度はマイクロメートル単位。微細な表情の変化まで、ＣＧキャラクタに反映できますね」

棚町も、唸《うな》るように頷いた。

「トリィが絶大なる人気を誇る理由の一つが表情です。天ノ川トリィは、レーザーのおかげで限りなく人間に近い表情を表現できているんです」

「トリィは、どこで撮影システムを用意したのですか。棚町さんが用意したのですか」

棚町は、ゆっくりと首を横に振って否定した。

「トリィの自前です。エーテル・ライブに加わった時点から、自分で持っていました」

「出所《でどころ》について、何か聞いていませんか」

棚町は眉間に皺を寄せて答えた。

「『ネットで売っていた』と」

未来は棚町と撮影システムを交互に見比べた。

ネット販売……？

未来は棚町に訊ねた。

「業者の名前はわかりますか。責任を問わせたいです。もし侵害だとしたら、侵害品を売りつけられたことになりますから」

棚町は困惑しながら、答えた。

「《如月《きさらぎ》測量機器》です。調べましたがサイトは既にありませんでした。詳細はトリィに訊いてください」

棚町は怪訝《けげん》な表情で続けた。

「本当に、特許侵害なのでしょうか」

未来は、率直に答えた。

「まだわかりません。撮影システムを調査してからですね。場合によっては、機材を丸ごと別の専門家に解析させる必要も出てきます。かまいませんか」

棚町は頷き、呟いた。

「トリィはいつまで活動ができないのでしょうか」

ほとんどのクライアントが気にする問題に対し、未来には選択肢の持ち合わせがなかった。

「少なくとも回答期限日までの二週間は、休止したほうが無難です」

棚町が、呟きとも懇願ともとれる声色で答える。

「二週間も活動を停止したら、天ノ川トリィであっても、世の中から忘れ去られます」

棚町の懸念は、本心だろう。世の中の流行《はや》り廃《すた》りのサイクルは、早い。

が、未来は全く気にせず、断じた。

「我慢してください。一番危惧しているケースは訴訟でしょう」

棚町は、はっと目が覚めた様子で答えた。

「トリィの経歴に傷が付きます。訴訟だけは徹底して避けてください」

すぐに、棚町は続けた。

「たとえ侵害だとしても、トリィには今まで通り活動させてやりたいんです。もし秘密裏に解決できるなら、金銭の支払いも検討します」

未来は厳しく断じた。

「お金で解決できるとしてもダメです。不用意に金銭を支払うと、金払いのいい会社だと噂が流れます。次々と警告書が届きますよ」

棚町に説明しながら、未来は金銭の問題ではないと感じていた。

未来は続けた。

「ライスバレーの一番の目的は、金銭ではありません。撮影システムの使用中止です」

棚町は怪訝な表情を見せた。

「なぜ断言できるのですか」

「警告書の書きっぷりです。損害額の決め方が適当過ぎます。損害賠償に興味があるとは思えない」

棚町は頷く。

「たしかに、お金が目的なら、相手が払える現実的な額を要求しますよね。売上の十パーセントなんて払えません」

棚町は頷きつつも、首を傾げた。

「だったら、警告書には使用中止だけ書けばいいのでは」

「損害賠償請求と中止請求は一般的にはセットですから」

棚町は納得していない様子だった。

「だとしたら、なぜライスバレーは撮影システムにこだわるんですか」

未来も、棚町の疑問をずっと考えていた。

「警告で使用中止を求める最大のメリットは、ライバルを追い出せるところです。売上を取り合うライバルがいなくなれば、自分の儲けは自然と増えますから」

棚町がすぐに反論した。

「ライスバレーはライバルではありません。ライスバレーは測量用ソフトのメーカーでしょう。我々とは業種が違います」

未来は頷く以外に選択肢がなかった。

だったら警告の意味は――ライスバレーの考えが読めない。

胸にもやもやを抱えながら、未来は現状をまとめた。

「今日のところは、ここまでですね。一週間以内に撮影システムの調査と特許との比較まで完了させます。撮影システムを専門家に分析させます。許可をください」

棚町は、深々と、「へこっ」と、お辞儀した。

「私は承知しました。トリィにも連絡しておきます」

未来はエーテル・ライブの事務所を出た。

長い時間だと思っていたが、時計を見ると、一時間も経過していなかった。辺りはまだ明るい。

ふと視界の端、対向車線に、真っ赤なアストン・マーティンが駐まっていた。オープンカーだったので、運転席にいる長い黒髪の女性が視認できた。即座に天ノ川トリィだとわかった。

スマホで通話中だった。未来は死角からトリィを観察した。

トリィはタンクトップ姿で、サングラスを掛けている。髪は結んでいない。サングラスではっきりとした表情はわからないが、口元のこわばりを見る限り、機嫌は悪い様子だ。

ちょうど、未来のいる車線側にタクシーが通りかかった。未来は迷わず手を上げた。目の前で停止したタクシーに未来が乗り込むと同時に、トリィは通話を終えて車を出した。

未来は中年のタクシーの運転手に、しれっと告げた。

「対向車線のアストン・マーティンを追ってください」

好奇心だった。

いい機会なので、人気ＶＴｕｂｅｒのプライベートを少しは把握しておこう。

2

アストン・マーティンは県道二号線に沿って、優雅に走った。

武蔵小杉駅から北に向かって約二十分ほど進み、駒沢《こまざわ》オリンピック公園近くのコインパーキングに停まった。

未来はタクシー運転手に五千円札を渡し、そのまま降りた。その時、やはりトランクを持ち運ばなくて正解だったと思った。

トリィはタンクトップの下にホットパンツを穿《は》き、大きなボストンバッグを持って運動場に向かう。未来は身を隠しながら後を追った。

トリィが入った先は、陸上競技場だった。

未来は首を傾げた。ジョギングだったら、わざわざ競技場なんて使わなくとも外を走ればいいのに。

駒沢公園は年がら年中ジョギングを楽しむ人で溢れている。なお未来はジョギングより肉フェスのほうが好みだ。

とはいえ、着替える場所を探して入った可能性もある。

とりあえず、未来はトリィを追って競技場の中に向かった。

案の定トリィは更衣室に入っていった。

フィールドから唸り声に近い叫び声が聞こえた。陸上競技の投擲《とうてき》だろうか。

未来は以前、陸上競技用のシューズに関する商標権侵害を扱った経験がある。陸上競技については、事件を通して勉強した。実際の陸上競技も何度か見ている。

しばらくしてトリィが現れた。青いタンクトップに、競技用の青色のタイツを穿いている。髪はポニーテールにしている。髪形以外はスタジオでの恰好《かっこう》とほとんど変わっていない。

トリィは、そのままトラックに向かった。

未来は、さらに首を傾げて考えた。単なるジョギングの恰好ではない。かなり本気で陸上競技をやる際の恰好だ。

トラックもフィールドも、大学生と思しき学生たちで埋まっていた。総勢、五十人以上。皆、青いTシャツを着ている。

未来はスタンドに向かった。

夕暮れの空に、照明が煌々《こうこう》と輝いている。

シャツのエンブレムを見て、未来は気付いた。日体大《にったいだい》の陸上競技部だ。

日体大は、駒沢公園から走って五分の距離にある。

陸上競技部は、男女を合わせて四百人を超えていたはずだ。ここにいる人数は少な過ぎる。

強化合宿か。皆、真剣味が違う。

トラックを見ると、四百メートルのトラックにハードルが一レーンあたり十台、置かれている。四百メートルハードル走だ。

トラックの端を見た。四人の選手たちが、まるで重い風邪でも患《わずら》っているような表情で、体を休めている。

マネージャらしき女学生が、インターバル終了を告げた。

選手たちは立ち上がり、死刑囚が処刑台に向かうような雰囲気で、トラックに向かう。

マネージャの甲高い声が、競技場内に響く。

「一セット目の四本目、よーい、スタート！」

直後、コーチらしき壮年の男性の怒号が響いた。

「立ち上がりが遅い！　顎！　顎を上げるな！」

未来は、スタンドの椅子の陰で、胸を押さえた。

商標権侵害事件の際、競技関係者から聞いた。四百メートルハードル走は過酷な短距離競技で、競技人口も少ない。最も金メダルが取りやすい陸上種目と揶揄《やゆ》される、と。

トラックを走る人を見るだけで、こっちが苦しくなる。

遠目で眺めていると、天ノ川トリィがトラックに現れた。

コーチの集団が駆け足で集まり、皆、笑いながらトリィに話しかけている。

天ノ川トリィは、日体大のOGなのか？　それとも、現役の日体大生か？

しかし、未来はすぐに仮説を取り下げた。トリィの雰囲気は完全に浮いている。

現に、トリィはコーチ陣とは話をしていたが、周りの学生とは一切話をしていない。

トリィが一人で黙々とウォーミングアップをする中、四百メートルハードル走の先ほどの選手たちはハードル走を続けていた。

途中、気付くと選手の人数が四人から二人に減っていた。

空いたレーンにトリィが入った。

未来はスタンドから身を乗り出した。四百メートルハードル走に混ざるとは正気か。

トリィは四百メートルハードル走を五本とも難なくこなした。

途中から、選手はトリィ一人だけになったので正確な比較はできないが、圧倒的一位のスピードだった。

ハードルが退けられた。練習は続く。空は暗くなり、照明の光量が一段階上がった。

メンバーが入れ替わった。中・長距離種目の練習が始まった。

トリィは八百メートル、千六百メートルと練習に混ざった。日体大の陸上部に追随するどころかペースメーカー役のような勢いで走っている。

未来はスタンドの一番前の席にどっかと座った。隠れて見物するつもりだったが馬鹿らしくなってきたからだ。両手で頬杖《ほおづえ》を突きながら堂々と眺めた。

トラックの内側、芝生のフィールドでは投擲種目の練習が始まった。長身の男子生徒が槍《やり》を持って悠々とフィールドに入る。

トラックを走っていたトリィが急に、千六百メートル走の真っ最中の第一集団から内側のフィールドに抜けた。

妙な予感がした。

トリィは男子生徒に話しかけた。話し声は聞こえないが、トリィが槍を指さしている時点で状況は完全に理解できた。

男子生徒は槍とトリィを交互に見比べた後、困った表情でトラックの外のコーチたちのほうを向いた。

コーチたちは苦笑いをするだけだった。

肩をすくめた男子生徒は、およそ二メートル五十センチの長さの槍を、トリィにおずおずと渡した。

頬杖ががくっと外れた。渡すんだ。渡しちゃうんだ。

槍を抱えたトリィがフィールドの助走路に意気揚々と入る。

フィールドにいる距離計測の部員たちが一斉に後ろに下がった。

トリィが槍を構え静止する。彫刻のように完全に静止する。

一歩踏み出した。ひょっとしたら、彼女に百回助走をさせたら百回とも一ミリも狂わずに同じ場所を踏んで走るのではないか。

投擲の瞬間までと投擲の瞬間、投擲の後も、トリィの体は一切ブレなかった。

槍が一瞬、夕闇に消え、すぐに姿を現した。

昔見た古いオリンピックの映像が、脳裏にフラッシュバックした。

未来は思わず叫《さけ》んだ。

「お前はヤン・ゼレズニーか！」

飛距離は五十メートルを超えている。残念ながら参考記録だ。女子用の槍ではない。正式なトレーニングを受ければ、オリンピックの出場も夢ではない気がする。

トラックとフィールドをひとしきり荒らした後、トリィは競技場を後にした。時刻は八時過ぎだった。

トリィはアストン・マーティンをコインパーキングから出すと、目黒方面に向かう車線に入ろうとした。

時間的には帰宅か。

後方を見ると、またタクシーが走って来る。

いっそ家まで押しかけてやろう。未来はタクシーを拾った。

「赤いアストン・マーティンを追って」

トリィはアストン・マーティンを目黒駅付近のコインパーキングに駐車し、近くのバーに入った。

看板を見る限り、ジャズバーだ。

地下に向かって階段が続いている。未来は腰に手を当てて呆れた。

まさか車で酒を飲みに来たのか。

イライラが募った。冷静に考えると、こっちはエーテル・ライブで寿司を食い損ねている。いや、寿司は結局私が断ったんだった。おなかが減った。

地下からはジャズが微かに流れてくる。

トリィに文句を付ける権利はある。トリィが勝手に帰ったせいで、撮影システムの調査は進まなかった。

ついでに、もし本当に酒を飲んでいたら、車はどうするんだと問い質してやろう。

未来は階段を下りた。

ドアをゆっくり開けて入った。薄暗い照明ではっきりとは見えないが、五十席以上ある広さだ。

階段を下りてすぐに、コの字型のバーカウンターがある。カウンターの上に大量のグラスが逆さまになってぶら下がっている。グラスがオレンジ色の光を受けて鈍く輝いている。

客入りは満席に近い。客層はバラバラだ。シャツにネクタイをきちんとした髭《ひげ》の中年もいれば、Tシャツにキャップ帽の男もいる。品のよさそうなおばあちゃんもいる。奥のステージでは、トランペッターとピアニストが「If I should lose you」を演奏している。

未来はカウンターに腰を掛け、トリィを探した。薄暗くてよく見えない。そもそも満席なので探すには難しい。

バーテンダーが細長いメニューを差し出した。酒のメニューだ。

丁重に返却し、替わりに食事のメニューを出してもらった。エーテル・ライブで食べ損ねた分はここで栄養補給をしよう。

そこそこお腹《なか》にたまって、かつすぐ用意されるであろうフライドポテトを注文した。

バーテンダーが、足元からジャガイモを出し始めた。え、切るところからですか?

フライドポテトができあがるまでの間、室内を見渡した。トリィはどこだ。

曲が終わると、奏者たちはそそくさと退場した。

奏者が入れ替わる。ドラムセット、ウッドベースと楽譜立てが運び込まれる。最後にマイクスタンドが設置された。

室内の騒めきが、一段階、大きくなった。

暗闇の中で奏者たちが待機する。

カウンターから、ぱちぱちと油の音が聞こえた。早く揚げてくれ。

視界の端でステージの照明が一瞬、動いた。

瞬間、室内の熱気がぶわっと膨らんだ。

未来は顔を上げた。

水色のマーメイドラインのドレスを着たトリィが、澄ました表情でステージに現れた。髪は下ろしていた。

拍手と歓声が嵐のように巻き起こった。

未来は気が付いたら口を開けていた。

「自分で歌うのか」

騒ぎ具合から考えると、本日の客は全員トリィが目当ての様子だった。

拍手と歓声はあって当然ということなのか、それとも全く興味がないのか。トリィは俯いたままマイクスタンドに手を掛ける。

シンバルが、何かの危険な予兆のように、刻まれ始める。

焦燥感に近い興奮が限界まで達した瞬間、天ノ川トリィの目が、すっと開いた。

煙のようにくすんでいて、でも甘い歌声だった。

客は皆、引き摺り込まれるかのように聴き入っている。

化け物だな、と感じながら未来はいつの間にか届いていた、フライドポテトに手を伸ばした。

トリィは休まず歌い続けた。

三時間が経過した。トリィの顔には疲労の色が全く見えなかった。むしろ歌えば歌うほど、声に潤いが増していく。

日付が変わる寸前に、ステージは終了した。

トリィは火照った顔でマイクを置いた。唇を尖《とが》らせている。歌い足りない、と顔に書いてあった。トリィが現れた時と同じだけの拍手が巻き起こった。

客の半分は満足した表情で店を出る。残りの半分は席で余韻に浸っている。

バーテンダーが、不満を露わにした客と話をしている。

「今週は都合のつくバンドメンバーが一組だけだったんです。申し訳ない。来週は二組用意しますから、いつも通り明け方まで歌いますよ」

トリィの姿は見えない。舞台裏に引っ込んだ様子だった。

未来はバーテンダーに訊ねた。

「さっきのシンガーの耐久レースみたいなイベント、店でよくやるんですか」

未来はスタッフルームの扉を指差した。

バーテンダーはグラスを磨きながら微笑んだ。

「彼女ですか？　一年前からです。一年前に『歌わせてくれ』って、いきなりやってきましてね。当日は既にイベントが入っていたんですが、バンドのメンバーの事情で開演直前に中止になった。お客さんも入っていたので代役で歌わせてみたら、凄くてね」

ばたん、とスタッフルームの扉が乱暴に開いた。

トリィはドレス姿のまま、つかつかとカウンターにやってくると未来の隣の席に座った。

トリィは不機嫌な様子だった。ほっそりとした卵型の顔に、まるでアニメの録画予約に失敗した子供のような表情を宿している。

バーテンダーが氷の入ったグラスにミネラルウォーターを注いで、トリィに出す。

グラスを取って、トリィはゆっくりと飲み始めた。

未来はトリィに向き直って、率直な感想を述べた。

「スタジオのスタッフを叩きのめして、日体大の陸上部に混ざって練習をこなして、夜はバーでアンニュイな歌をひたすら歌う。優雅な生活なのかハードなのか、わかりません」

ごっ、ごっ、ごっ、とトリィは一気にグラスの中身を飲み干した。

だん、とグラスを乱暴に置くと、トリィは指で唇の雫《しずく》を拭《ぬぐ》った。

「ずっと私を追ってきているけど社長の指金《さしがね》？　警察を呼んでもいいのよ。気を晴らそうにも今日はジムの休業日。仕方なく、いつも好意で混ぜてもらっている陸上の練習で我慢した。歌も満足に歌えてない。フラストレーションが溜まっているの。わかる？」

好意ってなんだ。混ぜるほうも混ざるほうもクレイジーだ。日体大は、きっとトリィを選手としてスカウトする気に違いない。

未来は半眼でトリィを眺めた。

「警察より、あなたが殴りかかってきたほうが怖い」

何か勘づいたらしきバーテンダーが、そそくさとグラスを回収する。

トリィは澄んだ目で睨んだ。

「誰のせいだと思ってんのよ。最低でも二週間の活動休止って、あんたの命令でしょうが」

宝石に睨まれたような気分だった。

未来は腕を組んで斜めに構えた。

「文句なら、私じゃなくて警告書を送ってきた特許権者にぶつけてください」

トリィは、唇をぎゅっと引き締めた。

「真島のクソ爺《じじい》がいなくなって、社長が替わりに便利屋だか代書屋だかを雇ったと思ったら、とんだビッチね」

未来は思わずトリィに向き直った。

「便利屋ではなく弁理士。代書屋でもなく代理人。呼び方には気を付けてください」

トリィが顔を鼻先まで近づけて怒鳴った。

「気を付けなきゃなんだっての」

咄嗟《とっさ》にバーテンダーが仲裁に入った。

「やめてくれトリィ。今度、暴力沙汰《ざた》を起こしたら出禁だからな」

トリィは未来の目を睨んだまま、姿勢を正した。

未来はバーテンダーとトリィを交互に見た。

トリィに向かって小声で訊ねる。

「実生活でもトリィって名乗っているんですか。演者の情報については機密事項なんでしょう。ただでさえCGと生身の造形がそっくりなんですから、バレますよ」

トリィは自嘲《じちょう》気味に笑った。

「名前くらいでわかるはずないでしょ。髪色もヘアスタイルも違うし。それにここの客層はＶＴｕｂｅｒなんて絶対見ないライブ至上主義の人たちばかりだから。少なくとも今まで誰にもバレてない。そもそも、私が自分のプライベートで何をやったっていいでしょ。ネットでもリアルでも天ノ川トリィでいて何が悪いの」

トリィは周囲の視線を確認して、両手で自分の黒髪を二つに分けた。

エーテル・ライブのスタジオで、スタッフを叩きのめした演者だ。

周囲の注意を惹《ひ》く前に、トリィはすぐに手を放した。髪が流れるように落ちた。

トリィは意地悪な笑みを浮かべて答えた。

「とはいえ、社長に怒られるから、あからさまに分かる恰好では人前に出ないけどね」

未来は、今朝から脳裏に住み着いたCGの天ノ川トリィと、目の前のドレス姿のトリィを比較した。

やっぱり瓜二つだった。

未来は呆れて訊ねた。

「私はVTuberには詳しくありませんが、VTuberとほぼ同一視できる演者なんて聞いた覚えがありません。CGはどうやって作ったのですか」

トリィは、しれっと訊ねた。

「『アバター』って映画は観た？　主人公が操る人造生命体がいるでしょ。あんな感じ」

未来の脳裏に、水槽の中で眠る青白い皮膚をした男の姿が浮かんだ。

「真面目に説明してください。ＣＧと人造生命体とは違うでしょう」

トリィは笑いながら答えた。

「平面的なキャラクタでいいか、私のように三次元で動かしたいかで異なる。三次元だったら、まずイラストを描いて、描いたイラストから３ＤのＣＧにしていく。専用の３Ｄ製作ソフトが必要ね」

「あなたは、自力でイラストを描いて自力で３ＤのＣＧモデルを作成したんですか？」

「んなわきゃないでしょ。作成してくれる業者がネットにいくらでもいるわ。私は、私をそのまま３Ｄにしてくれって頼んだ。完全な別人にはなりたくなかったから」

「面倒臭い人ですね」

「何か言った？」

「特に何も」

気になったから訊いただけなので、これ以上は訊かなかった。そもそも今回の事件にＣＧキャラクタの出所までは無関係だ。

未来はポテトの最後の一かけらを口に放り込んだ。

咀嚼《そしゃく》していると、トリィは苛立《いらだ》たし気に答えた。

「弁護士の真島も、肝心な時には役に立たなかった。社長からいくら貰ってるか知らないけど、あんたもエーテル・ライブの寄生虫と同じよ」

ポテトを飲み込むと、未来は鼻で笑った。

「真島弁護士は聡明です。自分の手に負えないってきちんと理解したわけですから。ただでさえ今回のケースは謎が多いですし」

トリィは、むすっとした表情で断じた。

「私は売っていた撮影機材を買って使っただけよ。文句を言われる筋合いはないわ」

「だとしても、侵害の有無は我々で確認しておく必要があります」

トリィはきょとんとして訊ねた。

「なんでよ」

「特許とはそういうものです」

トリィの表情がますます険しくなった。

「今まで受けた嫌がらせの中で一番むかつく」

「確かに、今回は普通なら同封されるべきクレームチャートもありません。嫌がらせに見えても無理はないです」

トリィの首がゆっくりと未来に向く。

「クレームチャートって何よ。こちらは素人なんだから、わかるように説明して」

「侵害があったことを立証する書類です。警告するなら必須です」

トリィは未来の目を見た。

「大事な証拠がなかった？」

　未来は頷いた。

「侵害は、特許を持っている側が立証するルールになっています。クレームチャートがないなら、ライスバレーの警告は本来的には単なる言いがかりです。立証していないんですから」

　トリィは怪訝な表情で訊ねた。

「そんな中途半端なやり口でもいいの」

「まだ正式な争いの場ではないからです。今は事前交渉の段階で訴訟ではありません。ルールなんてあってないようなものです。しかし最悪の場合を想定する必要があります」

　トリィはむすっとしたまま訊ねた。

「社長から聞いた。私の使っている機材の出所が怪しいって。本当なの」

　未来は即座に頷いた。

「怪しいです。もしあなたの撮影システムが侵害品なら、如月測量機器は侵害品を売っていた業者になるわけです。責任を取らせましょう。全部は無理でもできる限り」

　トリィはそっぽを向いて答えた。

「教えたくても、もうないのよ。社長から聞いてるでしょ」

未来は、トリィに少しだけ顔を近づけた。

「購入した際のメールとか、領収書とか、電子送金だったら送金先の情報とか。業者の手掛かりになる情報は、全て教えてください」

トリィは少し逡巡した後、答えた。

「購入ログなら残ってるかも。ネットのフリマで買ったから」

フリーマーケットサイトで買ったのか、VTuberになれる機材一式。若干驚いたが、ともかくツールの販売業者はわかりそうだ。

未来は続けて訊ねた。

「入金先の口座番号とか、あると助かるのですが。今、わかりますか」

トリィは頭を振った。

「匿名《とくめい》配送だったから、出品者の個人情報は何もわからない。わかる情報は如月測量機器ってユーザ名だけよ」

未来は、思わず掌《てのひら》でカウンターを叩いた。

「ああもう、なんで匿名配送なんてまどろっこしい真似《まね》をしたんですか」

ばん、とトリィがカウンターを叩き返した。

バーテンダーが血相を変えて頭上を見上げた。バーカウンターの頭上のグラスが、しゃりん、しゃりん、と、風鈴のように鳴った。

トリィは、未来に覆いかぶさるように顔を近づけた。

「私に文句を付けたってしょうがないでしょう。相手に文句を付けなさいよ。もうないけど」

未来は、額を押さえた。

「わかりました。こちらで調べます」

トリィは半笑いで訊ねた。

「弁理士って探偵紛《まが》いの調査までやるの？」

未来は真面目に頷いた。

「興信所なら使います」

想像外の答えだったのか、トリィは一瞬たじろいだ。

「業者を捜してどうするのよ。本当に責任なんて取らせられるの？」

未来はトリィに説明した。

「撮影システムの仕組みを教えてもらうためです。専門家に解析してもらう方法もありますが、製造者がいるなら訊いたほうが明らかに早いです。責任はついでですね。そもそもあなたの活動停止は誰も肩代わりできない」

トリィは、呆れた表情でつぶやいた。

「特許ってそこまでするんだ」

トリィのつぶやきを聞き流しつつ、未来は訊ねた。

「あなたの動画を見ました。私はＶＴｕｂｅｒに関して素人ですが、他のＶＴｕｂｅｒより頭一つ分以上飛び抜けて優れていると感じます。表情の変化も微細で精緻《せいち》。人気が出る理由もわかります」

ふん、とトリィは鼻で笑った。

「でももう終わりかもね。他の撮影システムで撮影をしたけどあまりにも酷かった。天ノ川トリィを名乗れない。私は絶対に、あのシステムで撮影をする必要があるの」

未来はトリィを見つめて訊ねた。

「一応お訊きします。通常のアーティストとして活動する気はありますか」

トリィが自嘲気味に笑った。

「次の仕事を考えておけっての」

「いいえ。不思議だったから訊ねただけです。あなたなら、ＣＧキャラクタでなくとも人気は出るでしょう」

トリィは未来を一瞥した後、視線をカウンターの奥に向けた。

「絶対に嫌。実在のスターやアーティストがプライベートをどれだけ犠牲にしているか知らないのね。プライベートに自由のない生活なんて私には耐えられない。自由に走り、自由に踊り、自由に歌いたい」

トリィの声色には不安が混ざっていた。

トリィは、自分に言い聞かせるように答えた。

「ＶＴｕｂｅｒは私にとって唯一で最良の選択よ。私はこの技術を使って生きていくしかないの」

未来は静かに答えた。

「私はあなたの才能がうらやましい」

バーテンダーの驚く顔が視界の端に引っかかった。

トリィの驚く顔も引っかかった。

「いきなり何。ＶＴｕｂｅｒになりたかったとでもいうの」

未来は否定した。

「私にプレイヤーとしての才は何一つありません。私が魅力的なパフォーマンスをしたり、使いやすい薄型テレビを自力で開発したり、特許を取得したり侵害したりすることは永遠にないでしょう」

怪訝な表情をしているトリィを無視し、未来は続けた。

「でも私には守る力がある」

未来はトリィに向き直った。

「特許で才能を守ることも、失うには惜しい才能を特許から守ることも、どちらも弁理士の仕事です」

トリィは値踏みするような表情で睨んだ。

「侵害は悪なんじゃないの」

「侵害だとしても、侵害でなくすればいいんです」

呆気《あっけ》に取られているトリィに向かって、未来は微笑んだ。

「あなたの才能は私が必ず守ります」

3

広尾《ひろお》にある自宅マンションに帰宅した時刻は、午前三時を回っていた。

部屋に入った直後、姚から着信があった。まだ起きていたのか。

未来は文句を付けるために通話に出た。

開口一番、姚から文句があった。

『まだ起きていたのか。どこをほっつき歩いていた。早く寝ろ』

未来はスマホに怒鳴った。

「クライアント様と今まで打合せをしていたのよ。亀井社長はどうなったの」

姚は苛立ち気味に答えた。

『案の定、皆川社長がヤクザな買取価格を提示してきた。亀井社長がパニックになって水入りだ。明日、というか今日か。もう一度価格について話し合う』

皆川電工のほうがピンチだったはずだ。強気に出られる神経がわからない。

未来は姚に今後の方針を訊ねた。

「で、亀井製作所と皆川電工はどう着地させるの。特許の話は一応終わっているから、あとは弁護士のあなたに任せるけど」

『方針は変わらずだ。亀井製作所も皆川電工も、平等に少しずつ損をする形に纏める。ＶＴｕｂｅｒ事務所のほうはどうなった』

未来は今日の一部始終を説明した。

姚は即座に答えた。

『撮影システムの調査が最優先だ。自分が本当に侵害しているかどうかは絶対に確認しないといけない。でないと侵害交渉は必ず負ける。相手の言い分を全て信じるだけになるからだ』

姚の意見に同意だった。

未来は別の質問をぶつけた。

「ライスバレーの目的は何だと思う。警告書には損害賠償と差し止めの両方が書いてあった。どっちがメインの主張かしら」

姚の見解は明瞭だった。

『損害賠償だ。小遣《こづか》い稼ぎだな。ライスバレーにとっては警告が上手《うま》くいけばめっけもん、失敗しても何の痛手もない。私がライスバレーだったら、とりあえず警告書は送る』

「だとしても損害額はもう少し現実的にするわよ」

『逆だ。最初なんだから吹っ掛ける。ライスバレーだって最初の要求額で決着するとは思っていないだろう。だったらなるべく高い額から始めるに決まっている』

姚の意見はもっともではある。

『そもそも、ライスバレーは差し止めなんてしたくないはずだ。エーテル・ライブはライバル企業ではない。ＶＴｕｂｅｒがどれだけ売れても自分の業績には無関係。だったら天ノ川トリィに特許ライセンスを与えて活動を続けさせ、ライセンス料を得たほうが得だ』

「じゃあなんで撮影システムの使用中止なんて警告してきたのよ」

『とりあえず書いたってだけだろう。業界の通例として、損害賠償と差し止めは常にセットで書く』

未来は頷くしかなかった。姚の意見は現実的だ。

しかし違和感は残る。

「エーテル・ライブが本当に使用中止したら相手はどうするのかしら」

『ライセンスしてやるから天ノ川トリィに活動を続けさせろとか言うんじゃないのか。いずれにせよ、交渉が進めばライスバレーはどこかのタイミングで必ずライセンス料の話を出すはずだ』

現状の情報では、これ以上の検討はできない。

未来は姚の意見を利用すると決めた。

「わかった。今のところ相手の目的はお小遣いだと仮決めして作戦を立てる。でも、もし本当にお小遣い稼ぎが目的だとしたら、ライスバレーはクレームチャートなんて面倒な書類は作っていないかもね」

姚は笑いながら答えた。

『案外、クレームチャートを要求したらそのまま いなくなってくれるかもな』

そうはいっても、代理人としては、最悪の事態を想定する必要がある。天ノ川トリィの撮影システムの調査は進めなくては。

未来は、姚に人員補強策を提案した。

「引き続き、本当に侵害かどうか確かめる。天ノ川トリィの撮影システムを調査する。新堂《しんどう》を使うわよ」

新堂明良《あきら》は、ミスルトウがよく依頼するフリーのエンジニアだ。

姚は特に問題なく許可した。

『今のペースの仕事依頼だと、秘密保持契約の書類で寝床が埋まると嘆《なげ》いていた。ほどほどにな』

4

翌日の朝、未来は新堂に連絡を取った。

新堂は元々《ARM》社のフィールド・エンジニアだ。浮き草のような男で、二、三年毎《ごと》に転職し、携帯電話メーカーや半導体メーカーを転々とした。現在はフリーの技術コンサルタントとして活動している。技術コンサルタントがどんな仕事かは不明だが。

一時間後、武蔵小杉駅に新堂が現れた。ひょろっとした体形でジーンズによれよれのTシャツ姿だ。

新堂は意気揚々と手を上げ挨拶をした。

「ほんと人使いが荒いですよね、ミスルトウ特許法律事務所って」

未来は腰に両手を当て、ぶっきらぼうに答えた。

「特許が読めるエンジニアなんて、あまりいないのよ。自分の市場価値に感謝なさい」

未来は、新堂をエーテル・ライブの事務所に連れて行った。

棚町の前で、未来は新堂に秘密保持契約の契約書を書かせた。

トリィの撮影システムのある第一スタジオに連れて行くと、新堂のテンションが上がった。

昨晩トリィから訊いたログインIDとパスワードを教えると、新堂は興奮しながら撮影システムの解析に取りかかり、未来はスタジオの隅に椅子を置いて一応、見張った。

新堂はサーバのキーボードを叩いたり、レーザー・スキャナの前でくるくると回ったり、またキーボードの前に戻ってディスプレイを凝視したりを繰り返した。

三十分が経過したところで、新堂が唸った。

「驚きましたね。すごい技術ですよ。測量用の3Dレーザー・スキャナで、人体をトラッキングしている。データは独自の無線通信方法でサーバに高速転送し《点群データ》として処理しています」

点群データとは、聞き慣れない単語だ。

未来はディスプレイを睨む新堂に近づいた。

「初めて聞く処理方法ね。測量で使われる技術なの」

新堂は、額に脂汗を滲《にじ》ませながら答えた。

「測量ですね。実在の土地や建物をコンピュータ上で再現する技術です。例えばコンピュータ上で建物を再現する場合、建物の形を座標データにします。建物の形を十センチメートル間隔とかで計測し、座標データにします」

「なるほど」

「建物を正確に再現したいなら細かく座標を取ればいい。しかしデータが増えます。現に昔はあまり細かく点を取っても、コンピュータに処理させる方法がありませんでした」

新堂は、キーボードのエンターキーを、たーんと叩いた。

「それを処理する方法が点群データです。点群データ処理なら、レーザー・スキャナで細かく座標を取っても、きちんとコンピュータ上で再現できます」

「建物を点の集まりで表現なんて無理よ。点の数が多すぎる。レーザー・スキャナって、細かい凹凸までわかるでしょう。建物のデータなんてレーザーで撮影したらデータ量が大きくなりすぎる」

「多いですけど、土地や建物は動かないでしょう。やってやれないことはない。上から前後左右の五面だけ、一度撮影すればいいんです」

画面を見た。画面の中では天ノ川トリィのＣＧキャラクタが映っている。

新堂が続ける。

「この撮影システムの恐ろしいところは、このレーザー・スキャナで人の動きをトラッキングして動画にするところです」

未来は新堂に訊ねた。

「データ容量が大きくなり過ぎるでしょう」

新堂が、ざっと計算を始める。

「レーザー・スキャナ一つが、一度に百万点をスキャンする。三十ｆｐｓだとして、スキャナが四つあるから――」

計算を終えた新堂が答える。

「三分間の動画で、数十テラバイトですね」

未来は視線を泳がせた。

「映画が一本、だいたい一ギガバイトでしょ。三分間で、映画数万本分のデータ量か。簡単に説明しているけど、実際にはどうやるのよ」

新堂は、未来に向き直った。

「一番の問題は、レーザー・スキャナとサーバの間の通信速度です。サーバはなんとかなります。しかしレーザーでデータを取ったら、そのデータをサーバに送らなきゃならない。普通の通信方式では、データの渋滞が起こってエラーになります」

未来は、撮影システムのサーバを眺めた。

「天ノ川トリィのツールは？」

「かなりの性能のサーバを使っています。でも入手はできますね」

未来は新堂の目をじっと見た。

「だったら通信方式は」

新堂の目付きが鋭くなった。

「5Gの可能性が高いです。暗号化されている部分が多いからあくまで予想です。しかし無線でこれだけの容量を転送となると、5Gくらいしか考えられないですね」

未来は、思いっきり毒づいた。

「レーザーの使用は確定。5Gも使っている可能性が高い。侵害の可能性が高いか」

新堂も、首を傾げながら訊ねる。

「どんな人なんですか、天ノ川トリィの演者。こんな撮影システムは普通使いこなせませんよ」

未来は冷たく断じた。

「VTuberに関する情報は、クライアントから厳重に口止めされているの。残念だけど教えられない」

新堂があからさまに不貞腐《ふてくさ》れる。

「秘密保持契約だったら結んだでしょう。少しくらい教えてくれたっていいでしょ」

未来は適当にあしらいつつ訊ねた。

「天ノ川トリィについてあんたが知っていい情報は、この撮影システムの中身だけよ。本当に5Gを使っているかどうかの調査は、いつ終わるの」

新堂は、確信半分、疑問半分の表情だった。

「肝心のソフトは暗号化されています。きちんと調査するとなると時間がかかりますね」

調査が難しいなら、確実な確認方法は販売者への直接の質問だ。

未来は、新堂にバックアッププランを説明した。

「出所が摑めるなら業者を直接問い質す。出所は摑めるかしら」

新堂は、険しい表情を見せた。

「撮影機材がセットで販売されていたとしても、中身のパーツは、バラバラの別メーカーが製造している可能性もあるんです。場合によっては、市販の機材を、普通に購入して、ガワだけ取り替えている場合だってあります」

皆川電工と亀井製作所の争いを思い返した。皆川は、亀井製作所のテレビを巻き上げて、ガワだけ取り替えて自社製品にする気だった。

きちんと調査できないと、エーテル・ライブ側は本当に侵害なのかどうか自分でもわからないままライスバレーと戦う事態になる。

だとすると、現状エーテル・ライブに残されている反論手段は「侵害ではない」じゃなくて、「特許には問題があるから無効だ」との主張だけになる。

調査会社に早めに依頼しておこう。特許に問題があるかを探してもらう必要がある。もちろん、都合よく証拠が見つかるかはわからないが。

新堂が指示を仰《あお》いだ。

「まずは購入時の状況から地道に追っていきます。業者の名前はわかりますか」

未来は必要な情報を新堂にメールで送った。

「如月測量機器。ユーザ名だけで考えるなら、測量機器の会社ですね。天ノ川トリィにとっては、初めてのＶＴｕｂｅｒツールだったんでしょう。いきなり、よくこんなわけのわからないツールを買ったな」

未来は肩を竦《すく》めた。

「『ＶＴｕｂｅｒの撮影セットとしても使えます』って宣伝文句だったたから、買ったんですって。あんたフリマサイトで機材を買った経験はあるの」

「フリマもですが、オークションサイトのほうが多いですかね。中古のアンプをよく買いますよ」

ログを見ながら新堂は驚いた。

「フリマサイトのユーザ名『天ノ川トリィ』。凄いな。隠したりしないんだ」

「むしろプライベートを隠すために、天ノ川トリィを名乗っている雰囲気だった」

新堂は、そのままスマホを弄り始めた。

「如月測量機器では、全くヒットしないですね。フリマサイトもオークションサイトもヒットなし。おまけに同じようなツールの販売もなし。ネット上にキャッシュでも残っていればと期待していましたけど、無駄でしたね」

そもそも、如月測量機器なんてフリマのユーザ名だ。きちんとした業者とは限らない。個人が適当なユーザ名を名乗っていただけの可能性もある。

新堂は資料に目を通した後で答えた。

「とにかく中身も出所もわかる範囲で調べますよ」

未来は念を押した。

「同時並行で解析も頼んだわよ。侵害かどうかは絶対に把握しておきたい。解析にはどれくらいかかりそう」

新堂はディスプレイを睨んだ。

「一週間はかかると思います。下手をしたらもう少しかかるかも」

未来は即座に断じた。

「三日でやりなさい。確認したい点は一つ。５Ｇ通信方式を使って――」

未来の言葉を遮るように、スタジオが揺れた。

未来は既視感を覚えた。昨日、初めてエーテル・ライブに来た時と同じ現象だ。

新堂が慌ててスタジオのドアを開けた。

未来と新堂が廊下に顔を出すと、微かに誰かの怒鳴り声が聞こえた。直後にまた轟音が聞こえた。悲鳴も聞こえた。

新堂が顔を真っ青にしている。

「地震じゃないですよね。他のスタジオでプロレスの撮影でもしてるんですか」

未来は舌打ちをした。

「また狂犬が暴れてる。スタジオじゃなくて事務所か。悲鳴は棚町社長かも。心配だから見に行きましょう」

未来は新堂を連れて、通路を棚町の執務室に向かって歩いた。

棚町の執務室の前に立った。比較的はっきりと声が聞こえてくる。スタジオと違い、執務室の防音性はあまりよくない様子だった。

三人の声が聞こえた。一人は棚町社長。一人はトリィだ。

三人目がわからず未来は首を傾げた。

「トリィ以外にもいるわね。同じ事務所の他のVTuberかしら」

新堂が、かっと目を見開いた。

「耳にへばり付く高音。間違いない。櫛名田《くしなだ》カランだ。おかしいな、エーテル・ライブの所属じゃないのに。なんでいるんだ。ひょっとして幸運なんじゃないか」

はっ、と未来は新堂の顔を見た。

「声だけで誰かわかるくらいＶＴｕｂｅｒに詳しいの」

新堂は棚町の執務室のドアを、まるで天国への扉のように眺めながら呟いた。

「ここ六か月の間で人気が急上昇したＶＴｕｂｅｒです。ところかまわず他のＶＴｕｂｅｒに絡んで喧嘩《けんか》を売るスタイルで有名。悪ノリが過ぎて、最近ＹｏｕＴｕｂｅで広告を剝《は》がされました。ヤバいな、俺はひょっとして奇跡に立ち会っているのかも」

興奮する新堂を無視し、未来はドアをノックしようと拳を上げた。

扉越しに、キー設定を三段階くらい間違ったような甲高い声がはっきりと響いた。

「前回のチャンピオンが欠席するとかありえねーだろ！　わたしは今まで、打倒天ノ川トリィを目標に、歌に踊りに練習してきたんだよ！」

未来は思わず後退《あとずさ》った。甘ったるい声だ。

一瞬の隙を突いて、新堂が扉をそっと開けた。

隙間から見える部屋の左側には、棚町社長と天ノ川トリィがいた。棚町社長は黒いシャツを着ている。トリィは真っ白なタンクトップにホットパンツ姿だ。長い黒髪は二つに纏められている。

部屋の右側には、中学生らしきショートカットの女の子がいた。身長は一五〇センチ未満だろうか。真っ白なブラウスにチェック柄のスカートを穿いている。全体的に平べったいスタイルをしている。

新堂が感嘆して呟く。

「祐天寺《ゆうてんじ》マコだ。櫛名田カランの声優兼キャラクタ・モデルって噂があったが、本当だったんだ」

聞いた覚えがない名前だ。そもそも、未来は声優の名前には疎いが。

新堂の歓喜は続いた。

「それにしても驚いた。天ノ川トリィの演者、CGキャラクタの天ノ川トリィそのものだ。画面の中から出て来たような姿です。しばらくしたら画面の中に帰るのか？　信じられない。目の前にコスプレじゃない正真正銘の天ノ川トリィがいる！　トリィイィ——ぐふっ」

新堂の口を手で塞《ふさ》いだ。後で手を洗わなければ。

執務室内では会話が進む。

棚町が困惑して答える。

「一度、優勝していますし。そもそも《ブラックホール・フェス》は新人の登竜門でしょう。今のトリィが出場しては大会の趣旨にそぐわないのでは」

マコはトリィに向かって不満を露わにした。

「逃げんのか！　私に負けるのが怖いんだろ！　何とか答えてみろ！」

耳を塞ぎたくなった。苦手な類の声だ。

棚町のデスクに腰掛けたトリィはマコを冷たくあしらった。

「全然。私忙しいの。あんまりピヨピヨ騒ぐんだったら、声帯を潰《つぶ》して丸焼きにするわよ」

マコは、びしっとトリィの鼻先に人差し指を突き付けた。

「嘘を吐け！　あんたここ数日、動画を全然アップしてないでしょ！」

トリィはマコの人差し指を、手の甲で軽く払いのけた。

「あんたこそ他人の人気に寄生して再生数を稼ぐやり方、やめたら？　品がないから」

マコは、まるでアニメのレコーディングでもしているかのような抑揚でシャウトし続けた。

「誰が寄生虫だ！　コラボよ、コラボ！　皆、私に声をかけてもらえて喜んでんの！」

トリィは面倒臭そうに顔を逸らした。

「誰も寄生虫なんて言ってないわよ。事実だけど。とにかく、馴れ合いなんてまっぴらごめんなの。私は出ない」

マコは怒りで口元をわなわな震わせた。

「いいのか！　私が優勝すっぞ！」

トリィの表情は冷たかった。

「できるんならしたら?」

怒りで興奮し過ぎたせいか、マコは目に雫を浮かべたまま、扉に近づいてきた。

帰る気だ。

未来と新堂は、あわてて死角に隠れた。

ばん、と扉が開いた。蝶番《ちょうつがい》の近くにいた未来は、空間があったので無傷だった。新堂は、扉を思いっきりぶつけられた。

無言で悶《もだ》える新堂に気付かず、マコは通路を大股で歩いて去っていった。

開け放たれたドアから、別の男の声が聞こえた。

未来はドアから顔を出して執務室内を覗《のぞ》いた。

マコのいた位置の背後だ。年齢は三十代前半くらいか。困ったように笑う、安いスーツ姿の男がいた。マコのマネージャだろうか。

男は薄ら笑いを浮かべたまま、棚町に確認する。

「いいんですか。たしかにフェスは新人VTuberの登竜門として認識されています。しかし過去の優勝者の出場は禁止されていません。フェスの主催者としては、PVが稼げるんだから天ノ川さんに出て欲しいのでは」

棚町は同じく微笑んでいたが、表情の裏には断固たる決意が見えた。

「頼本《よりもと》さん。ブラックホール・フェスの主催者にはもう伝えた話です。トリィは出場しません」

　頼本は少し俯いてトリィに訊ねた。

「天ノ川さん、まさか引退とかしませんよね。最近ツイートも少なくなっていますし」

　棚町が代理で答えた。

「ご心配なく。デビュー以来トリィは多忙だったので、今くらいがちょうどいいんです」

　頼本は、「わかりました」とだけ呟くと、扉に向かって歩いた。

　頼本と一瞬だけ目が合った。未来はきちんとドアから姿を出し、堂々と会釈した。

　棚町の呟きが聞こえた。

「フェスのPVじゃなくって、櫛名田カランの都合でしょうが。トリィとカランの対立を煽《あお》って、トリィの人気にカランを便乗させたいだけだ」

　祐天寺マコと頼本が帰ったところで、トリィも腰かけていたデスクから腰を上げた。去ろうとするトリィに向かって、棚町がすかさず声を掛ける。

「どこに行くのですか、トリィ」

　トリィはあからさまに不機嫌な様子で答えた。

「キンキン声のせいで頭がおかしくなりそう。気分が悪いから、少し走ってスパーリングに行ってくる。そのまま帰るから」

棚町は呆れた表情で頷いた。

「生傷は作らないでくださいね。ただでさえ、櫛名田カランの演者も傷の多さに驚いていましたから」

トリィは鼻で笑った。

「別に私に傷が付いたって問題はないわよ。CGキャラクタに傷はないんだし」

トリィは未来の顔を一瞥だけして、執務室を去った。

不機嫌なのも無理はない。

疲れた表情の棚町が未来のほうを向いて訊ねた。

「機器の解析は進んでいますか」

未来は、新堂をドアの間から連れて来た。

新堂が未来の顔を恐る恐る窺《うかが》いながら答える。

「予定通り、一週間の見込み――」

未来は新堂の足を思いきり踏みつけた。

新堂が血走った眼を見開いた。

すかさず未来は答えた。

「『――だったが、こちらもプロだ、三日でやりましょう』との話になりました」

何か必死に訴えようとする新堂だったが、痛みで声が出ない様子だった。

棚町は鷹揚に頷いた。

「聞いての通り、ネットの世界では数日活動を休んだだけで引退が噂されるんです。迅速《じんそく》な対応をお願い致します」

未来はにっこりと微笑んだ。

新堂が訊ねる。

「差し出がましいようですが、さっきまでいた女性はＶＴｕｂｅｒ事務所《いじげんたじげん》に所属の櫛名田カランの演者、祐天寺マコですか」

棚町は答えにくそうな表情をした。

「少なくともいじげんたじげんの関係者ですね」

ＶＴｕｂｅｒに中の人はいない。公式にはいない話になっている。

新堂は、急に真剣な表情になって訊ねた。

「ひょっとしてブラックホール・フェスとは、来月に開催されるＶＴｕｂｅｒの祭典ですか」

棚町は気圧《けお》されたように頷いた。

「合っています。現在活動中のＶＴｕｂｅｒたちが一堂に会する三日間のイベントですね」

がしっ、と新堂は棚町の両肩を摑んだ。

「さっき私の横を通り過ぎて行った女性は、画面の中から出て来た天ノ川ト――」

未来は背後から新堂の首を絞めた。

「公私混同するなら今すぐ絞め殺すわよ」

新堂は落ちる寸前にかろうじて叫んだ。

「絞め殺されてもいいからもっと近くで天ノ川トリィの匂いを嗅《か》ぎたかったァァ」

5

天ノ川トリィのツールの解析は、夜の八時まで行われた。

新堂は頭を振った。

「一応、解析用のプログラムを仕込みました。一晩、走らせておきます。明日の朝一で結果を確認しますよ。今日は帰りましょう」

あとは新堂に任せるだけだった。

自宅に戻った未来は、姚に連絡をした。

亀井製作所の件は長引いていた。

『あと一息だ。皆川社長も亀井社長も、朦朧《もうろう》としながら口論を続けている。丸め込むなら明日だ』

丸め込んだら詐欺だろうに。

ともかく、未来は姚に今日の状況を報告した。

姚は現在の状況を確認した。

『ステップその一、特許の内容の確認。ステップその二、撮影システムの調査と特許との比較。ステップその三、対抗策の検討。今ステップその二が終わりつつある。今のうちに、ステップその三の準備をすべきだ。敵の情報を共有してくれ』

未来は、予《あらかじ》め取り寄せておいた資料をノートパソコンに表示した。

まず特許が本当にあるかを確認する。確認は特許原簿で行う。これは特許庁から取り寄せることができる。

未来は特許原簿の画面を表示した。

「まず特許権者はハナムラ測量機器、代表者名は華村基英《はなむらもとひで》。ライスバレーにライセンスを与えたほうがね」

『特許原簿にライセンスの記載はあるか』

「あるわ。ハナムラがライセンスを設定した事実が記載されている。ライセンスを受けた者の名称はライスバレー・システム。代表者名は米谷勝弘。どっちも会社のネーミングセンスがいまいちね」

ライセンスの登録は三年前だ。

姚は未来に訊ねた。

『企業の規模はどうだ』

未来は調べておいた他の情報を表示した。

ライスバレーの売上は約十八・九四億円。測量ソフトメーカーとしては業界第十位の位置にいる。設立は八年前。

ライスバレーにライセンスを与えたハナムラの売上は二八二・七億円。測量ソフトや機器メーカーとしては第一位だ。設立は四十年前。

一方でエーテル・ライブの売上は、約七億円だ。

図表や関連ニュース記事を見せながら、未来は説明した。

「ハナムラとライスバレーに資本関係はない。売上も歴史もハナムラのほうが圧倒的だ」

姚は即座に否定した。

『勢いのほうが大事だ。投資家は売上の絶対値より毎年の売上成長率を評価する。ライスバレーのほうが勢いはある。ハナムラとしてはあまりいい気分ではない』

メールで、姚からリンクが送られてきた。

リンクをクリックすると有料の企業情報データベースのグラフと、特許文献検索サービスのグラフが現れた。

　未来はまじまじと見つめた。

「ライスバレーはＣＡＤツールに代表される製図用ソフトウェアと、測量機器に関する特許権を、約五十件保有している。一方でハナムラは八百件。ハナムラのほうが多いけど」

　姚は断じた。

『ライスバレーの五十件は直近の一年半で取得している。微々たる数だが、加速度で考えるなら、業界としては異常だな。超スピードで特許資産を増強している』

　未来もグラフを見て頷いた。

「ライスバレーのほうが、知的財産に対する意識は高いってところね。ネットで入手できる情報は限りがある。別途、情報収集の手段を確保したほうがよさそうね」

　率直な感想だった。

　姚は肯定も否定もしないで、話を変えた。

『本当に天ノ川トリィの撮影システムの中身は把握できるのか』

　未来は事実をそのまま伝えた。

「新堂に解析させているけど、一週間はかかるって」

　姚は呆れて答えた。

『難しいな。新堂で一週間もかかるなら他のエンジニアじゃ一か月は必要だ。販売元は見つかりそうか』

「あまり期待できなそう」

『どうするんだ』

未来は現状で最も現実的なプランを説明した。

「並行して特許を無効にすることを考える。いつもの調査会社に無効資料調査を依頼する。磯西《いそにし》が適任ね」

姚はすぐに訊ねた。

『まだやることがあるだろう。特許以外のところで』

未来は思わず微笑んだ。

「あとは別途ハナムラとライスバレーの関係についても調べる」

電話の向こうの姚は満足気に答えた。

『よろしい。いつも通り、相手に弱みがあるか探して交渉材料にするんだな』

未来は呆れて答えた。

「人聞きの悪い表現はよして。相手の情報は集められるだけ集めて当然。ま、使えそうな交渉材料があったら、かすっかすになるまで使い倒すけど」

特許の枠内での解決方法が尽きたなら、枠外を検討するまでだ。

未来として、いやミスルトウとしてはいつものやり方だった。

現に亀井製作所と皆川電工の決着は、当事者同士の話し合いによる解決、つまり枠外での解決に含まれる。

もっとも、無効にできれば枠外なんて考える必要はないのだが。

姚との定期通信を終えた後、未来は特許文献調査会社《磯西技術情報サービス》宛てにメールを書き始めた。

第三章　敵は特許権者だけじゃない

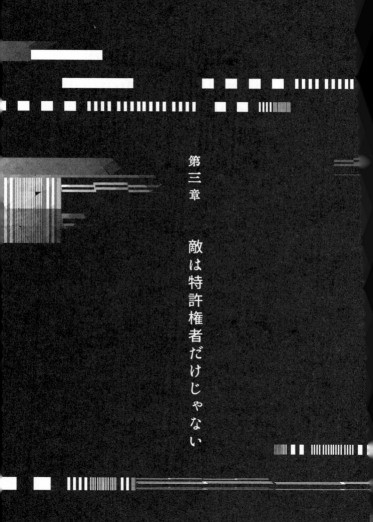

1

翌日、磯西技術情報サービスから朝一で電話がかかった。電話は社長兼唯一の社員の磯西からだ。

磯西は、はきはきとした声で簡潔に告げた。

『急ぎだったら今日の今から大丈夫です。詳しくお話を聞かせてください』

一時間後、未来は磯西の指定した新橋《しんばし》駅の近くの高架下にあるミスター・ドーナツに到着した。

店内は空《す》いている。奥の広い席に磯西を見つけた。青いポロシャツにベージュのチノパン姿だった。

磯西は小太りの男で、年齢は四十代半ばあたりか。もともとは大手の知的財産マネジメント専門企業《ジャパン技術貿易》の社員だ。専門は特許文献調査で、特許技術検索競技大会で優勝経験がある。

磯西のテーブルの上には既に空になった皿と、ノートパソコンが置いてある。

未来はコーヒーだけ注文して、磯西の前の席に座った。

磯西は挨拶もなく、厳しい表情で本題に入った。

「電話で話を訊いた段階で、少し調べてみたんですけどね」

　未来は微笑んだ。

「まだきちんと契約をしていないのに。相変わらず仕事が早いわね、磯西」

　磯西の表情は厳しいままだった。

「ミスルトウは立ち上げ時からのお得意様ですから。少しはおまけしますよ。でも、今回ばかりは分が悪い勝負ですね」

　未来は天井を仰いだ。わかってはいた。

「私も感じた。でも、あんたでも難しいか。厄介ね」

　磯西はノートパソコンを、くるっと未来に向けた。

　画面には、文献と代表図面が並んでいる。

「まだ予備検索の段階ですけど、5G移動通信の分野と、レーザー・スキャナの分野の掛け算で調べました。結果です」

　磯西が「関係あり」とした文献を、ざっと読む。

「問題特許から遠い技術文献ばっかりね」

　磯西は唇を尖らせながら、同意した。

「5Gとレーザー・スキャナそれぞれの文献は見つかるんです。でもいっしょに載っている文献が見つかりません」

特許に問題があったと文句を付ける一番の方法は、特許出願より前に公開されていてかつ特許の内容が全部載っている文献を見つけることだ。見つかればかなり有利だ。

バラバラに見つかった場合、使えはするが文句が付けにくくなる。

磯西も、険しい表情で同意する。

「まだ予備検索ですから、詳細な調査はこれからです。しかし、経験的に厳しいと思います」

悪い予感は当たった。

そもそも特許庁の審査官も審査の際に文献を調査しているのだ。

未来がやろうとしている無効資料調査とは、特許庁の審査官の判断を覆《くつがえ》す証拠を探すことだ。

審査官が見つけていない技術文献を探すわけだから一筋縄ではいかない。

未来と磯西は一時間程度、調査方針について話し合った。

ふと、磯西が訊ねた。

「ところでこの特許、ライスバレーがハナムラに文句を付けていたってご存じでしたか」

磯西はパソコンを操作してブラウザを立ち上げた。

知財関係のニュースサイトの記事だ。

見出しを見て未来は目を見張った。

「『ライスバレー、ハナムラの特許に無効審判請求』」

無効審判とは、問題のある特許を無効にする訴訟のようなものだ。特許番号を確認する。同じ特許だ。日付はハナムラがライスバレーにライセンスを与える半年前だ。

真っ当な話ではなかった。ハナムラとしては、自分の特許を消滅させようとした相手に、特許の譲渡と同じ意味を持つライセンスを与えたわけだ。

未来は即座に訊ねた。

「審判記録は取り寄せた？」

磯西が、真剣な表情で答えた。

「取り寄せようとしましたが、営業秘密の記載を理由に、閲覧が制限されていました。閲覧は、利害関係者のみが可能です」

無効審判の記録は、原則としては公開される。しかし審判当事者たちの要求があれば、利害関係者以外には秘密にできる。

エーテル・ライブは特許による警告を受けているので、利害関係者に該当する。閲覧は可能だ。

未来は早口で命じた。

「至急、エーテル・ライブの名義で取り寄せて。何が営業秘密よ。後ろめたい隠し事があるに決まっている。どんな無効理由で争ったのか確認したい」

「やっておきます。早くて二時間以内には閲覧できます。で、具体的な調査方針ですが――」

未来は少し考えた後、命じた。

「無効資料調査は、ある程度煮詰まったら切り上げていい。むしろこの特許の身辺調査をして欲しい。周辺の情報が欲しいの」

磯西は頷いた。

「わかりました。審査経過、関連特許、権利の推移、発明者の他の発明など、周辺を詳しく調査します」

直後、スマホが震えた。

棚町からだった。未来は通話ボタンを押した。

棚町の声色に、焦りが感じられた。

『面倒な事態になりました。至急、事務所にお越しください。エーテル・ライブの出資者から、状況を詳しく説明しろと』

出資者に警告書の話が伝わる事態は仕方がない。エーテル・ライブは新興ＩＴベンチャーだ。利害関係者は多い。棚町にもトラブルが発生した際の説明責任がある。

未来は訊ねた。

「出資者はどんな方でしょうか？」

棚町は早口で答えた。

『要求をしている人物は、薄雲鷹介《うすぐもたかすけ》。エーテル・ライブに出資しているベンチャー・キャピタルの一社《アタレ・キャピタル》の代表取締役です。警告書の話をしましたら、トリィの活動休止なんて一日たりとも認めない、担当者と直接話をさせろと』

アタレ・キャピタルは時々、ニュースや経済紙で目にする名前だった。社長が個性的で、アグレッシブな投資スタイルが注目を浴びている。

担当者って、私か。面倒な話は弁護士の姚に任せたいところだ。しかし姚はまだ三重県を脱出できる状況ではない。

未来は率直に意見した。

「天ノ川トリィには動画のアップロードを控えさせているだけです。活動を休止させているわけではありません。もの言う出資者だかなんだか知りませんが、部外者の話にいちいち対応していたら、きりがありません」

棚町は困り果てた声色で答えた。

『アタレ・キャピタルは、エーテル・ライブの立ち上げ初期から出資してくれている出資者です。機嫌を損ねるわけには参りません』

面倒な話だった。

しかし降りかかる火の粉はとっとと払う必要がある。未来は仕方なく了承した。

「わかりました。今から行きますので待たせておいてください」

通話を終えると、磯西が薄く笑っていた。

「大凰さんは、いつも貧乏くじばかり引いていますね」

本当だよ。

2

エーテル・ライブの棚町の執務室内に急いで入った。奥には、それまでにはなかった簡易的な応接テーブルとソファが用意されていた。

脚の低い真っ白なテーブルを挟んで、棚町と薄雲が向かい合っている。

棚町は、Tシャツにハーフパンツ姿だった。わざとラフな恰好をしている様子だ。

ITベンチャーの社長っぽいし、急いで来ました感が出る。

一方の薄雲は推定五十代前半で、身長は百八十センチ程度。精悍《せいかん》な顔つきをした男性だった。

特許公報を見ながら、薄雲が機関銃のように話し続けている。

「特許権を悪用した売名行為に決まっている。天ノ川トリィの人気にタダで便乗しようって魂胆だ。無視しろ無視」

棚町は呆れた声色で反論する。

「薄雲さん、弊社所属のＶＴｕｂｅｒに万が一があったら困ります。不用意な行動は、想像もできない結果を招くんですよ」

未来は応接テーブルの横に立ち、腕を組んだ。

薄雲が怪訝な表情で未来を見上げる。

未来は、上から薄雲を睨み付けた。

「ご要望の担当者です。もの言う株主とは、あなたでしょうか」

薄雲は、未来の姿を下から上まで見定めた。

「若過ぎる。棚町君、大丈夫？　もっと経験を積んでいる弁護士を雇ったほうがいいよ」

未来の心の中にある仮想的なガラスの器から、真っ黒な液体が溢れた。

即座に未来は反論した。

「なにせ知財業界は実力主義。侵害対応はセンスの問題です。年齢は関係ありませんから」

薄雲は、低い声で、脅すように棚町に文句を付けた。

「棚町君にしては、ビッグマウスな女を選んだね。見てくれもかなりいいし。棚町君のルールは、キャリアが同じ人間の中から雇うなら、最も見てくれの悪い奴を選ぶ、だったよね？　矛盾してるね。僕は首尾一貫していない奴は嫌いだよ？」

未来は、棚町ににこっと笑って訊ねた。

「ずいぶん変わったルールですね。理由を訊いていいですか？」

棚町は、収拾がつかねえなと顔にべっとりと書いた表情で、答えた。

「美醜格差がある以上、美貌のある人間は、美貌だけで評価がされます。だとしたら、同じキャリアなら、醜いのに生き残っているほうが実力がある証左です」

「私を選んだ理由は？」

棚町は即座に答えた。

「スピード感ですね。あと、自分のルールなんてどうでもよくなるくらい、大鳳先生のキャリアと実績がずば抜けているからです」

薄雲は、納得できない様子で未来に訊ねた。

「弁理士だったよね。キャリアを簡単に説明して。どんな仕事をしていたの」

面倒臭いので、未来は率直に答えた。

「一年前に弁護士と共同で事務所を立ち上げるまではパテント・トロール組織にいました」

訊いておきながら薄雲は興味がなさそうだった。

「特許権侵害だとクレームをつけて金を巻き上げる輩《やから》だよな。ところで棚町君。わざわざ僕が来た理由だけどね。提案がある。無視は酷いと気が引けるのなら、いっそライスバレーとコラボしたらどうだ」

いきなりのクリエイティブな提案に、未来は嫌な予感がした。

棚町が驚いて答える。

「警告してきた相手ですよ」

薄雲は、得意気に続ける。

「逆にチャンスと考えたらどうだ。ライスバレーは測量ソフトメーカーだけど、現在、ＸＲ企業に変容しつつある」

ＸＲは、仮想現実《VR》、拡張現実《AR》、複合現実《MR》など、リアリティ体験技術の総称だ。

棚町が率直に驚く。

「弊社はＸＲ企業ですが、初耳ですね。測量ソフトメーカーがリアリティ体験事業に参入するなんて」

薄雲は前のめりになって、まるで未来を視界に入れないようにして続ける。

「ライスバレーは、特にスポーツ・テックに注力している企業だ。インタラクティブなスポーツ施設や、大型スタジアムの建設に関わり始めている。異分野との協業は面白そうだ。いい機会だから、繋がりを作っておいたらどうだ」

棚町は断固否定した。

「警告書を送りつけてくる相手ですよ。協業なんてしたくありません」

薄雲は掌を顔の前で仰いだ。

「ひょっとしたら最初から『コラボさせてください』って意味の『お手紙』だったのかもよ。いずれにせよ、君の意見では放置したらまずいんだよな。ジリ貧の状況だ。しかし、上手くいけばマイナスを利益に変えられる。なんなら、僕が話をしてやろうか」

未来の背筋に不気味な感覚が走った。即座に文句を付けた。

「たとえ出資者であっても、思い付きで投資先の経営戦術に口を出されては棚町社長も困るのでは」

薄雲は半眼で未来を睨んだ。

「元はと言えば、侵害なのか侵害じゃないのかきちんと判断できていない代理人の責任だろう」

怒りのあまり、未来は声を張り上げた。

「撮影システムの解析が必要だからです。天ノ川トリィの使用している撮影システムは特殊です。メーカーに詳細仕様を確認したくても、肝心のメーカーがなくなっていて確認が困難です」

薄雲は、へっと鼻で笑った。

「さすが元パテント・トロールだ。言い訳はこなれているね」

ぎっ、と未来は薄雲を睨んだ。

「事実を正直に申し上げているだけです」

薄雲は捲《まく》し立てた。

「そもそも警告は無効じゃないのか。特許侵害は特許を持っている側が立証するんだ。天ノ川トリィでさえ侵害かどうかわからないんだから、赤の他人のライスバレーに立証なんて無理だろう」

未来は呆れながらも感心した。

薄雲の言い分は一理ある。薄雲は特許について完全な素人ではない。

しかし未来はスタンスを変える予定はなかった。

「警告書に無効も有効もありません。あなたの意見は正式な訴訟での話です。今は任意交渉の段階です。警告書を受け取った者は、まず自分で侵害の有無を確認すべきです」

薄雲は、嫌味な笑みを浮かべた。

「特許ってのは便利なもんだ。紙っぺら一枚の警告書を送って、あとは相手にがんばらせればいいわけだからな」

勝手に納得した表情で、薄雲はソファから立ち上がった。

「わかった。面倒だしまどろっこしい。やっぱりコラボで解決したほうがいいよ。特許権者には僕が話をつけておこう」

何も納得していなかった。未来は即座に怒鳴った。

「代理人は私です。勝手に話を進めないでください」

薄雲はするっと逃げるように、恐るべき速さで執務室から退出した。その手には特許公報が握られていた。

逃げ足が速すぎる。

呆然としている棚町に向かって、未来はすぐに断じた。

「緊急事態です。被害が広がる前にライスバレーと直接話をする必要が生じました」

棚町は、未来の言葉の意味を理解するまで、たっぷり、五秒はかけた。

「直接交渉に踏み切る、って意味でしょうか」

未来は執務室のドアを睨みつけて静かに答えた。

「いくら天ノ川トリィに人気があるとしても『コラボしてやるから勘弁しろよ』なんて提案をしたら、ライスバレーはどう思うでしょうか。企業の規模としては相手のほうが上なんですよ」

勢いがあってもエーテル・ライブの売上は十億円未満。ライスバレーは二十億円弱。話し合いの席でどちらの立場が上か。考えるまでもない。

察したらしい棚町は、慌ててへこっと頭を下げた。

「火消しのお願いになって申し訳ありません。よろしくお願い致します」

3

ライスバレーは中央区《ちゅうおう》の鉄砲洲《てっぽうず》に本社兼事業所を構えている。企業規模は百人弱。規模が大きすぎると乗り込むには難しいが、ライスバレーはちょうどよい規模だった。

未来は、ある種の確信をもって本社兼事業所に乗り込んだ。

受付ロビーは、緑と白を基調とした、明るい雰囲気だった。

測量ソフトの開発企業は昔からある。しかしライスバレーは意図的にＩＴ企業としての立場を前面に出している。

受付で、未来は一方的に伝えた。

「エーテル・ライブの特許に関する代理人です。急ぎの要件があります。アポはありませんが、今すぐ米谷社長に取り次いでください。取り次ぐまでロビーを動きませんから」

腕を組んで、未来はそのまま受付の前に陣取った。

困惑した表情の受付嬢は、急いで内線電話の受話器を取った。

受付の前に三時間立ち続けた後、未来は応接室に通された。

思惑通りだった。

社長が出る可能性はありえた。従業員数からみて知的財産部を有している可能性は低い。

だとすると、侵害警告書の送付は社長が直接統括している可能性が高い。

場合によっては、社員に秘密にしている可能性だってある。

社長が出てこなくても、役員くらいは引っ張り出せる自信があった。

革のソファにもたれながら、未来は誰が出て来るか半ば楽しみに待った。

ガチャ、とノックもなく応接室の扉が開いた。受付嬢とは別の、制服姿の女性が扉を開け、頭を下げた。

未来に対してではなく、入ってきた男に対してだった。

四十代後半か。くせのある髪を、整髪剤できっちりと撫《な》で付けている。フレームのない眼鏡を掛け、紺の上質な生地のスーツを着こなしている。紺地に白いドットの入ったタイは、シルクだ。

大当たりだった。ライスバレー社長、米谷勝弘だ。ネットで見た写真と同じ、威圧感のある形相だった。ライスバレーは新興IT企業の面を強調しながらも、社長はあえて「一般的な」社長の姿をしている。

IT企業の場合、立ち上げ直後は、企業のフレッシュさなりフットワークの軽さがポジティブに受け取られる。社長の中には意図的に挑発的な――Tシャツにハーフパンツとか――恰好をする者もいる。

直後、足音が聞こえた。

すぐに、五十代くらいと三十代後半くらいの男が応接室に入ってきた。二人とも米谷と同じく、仕立てのよいスーツを着ている。慌ててやって来た雰囲気だ。役員か。

米谷は挨拶を抜きにして、いきなり未来の正面に座った。

未来は堂々とした姿勢で名刺を出し、応接机の真ん中に置いた。

エーテル・ライブは警告を受けた側だが、未来は立場が悪いとは考えていなかった。侵害の中身を議論しに来たわけでもない。ましてや侵害訴訟で敗訴が確定したわけでもない。

ライスバレーを訪れた目的は、「薄雲から何を言われても無視しろ」と要求することのみ。

いざとなったら「クレームチャートを受け取りに来た」とでも答えておけばよい。

ライスバレーが警告書にクレームチャートを添付していないのは事実だ。

本来的には、ライスバレーは警告書を送る側としての義務を果たしていない。

そもそも、ライスバレー側に天ノ川トリィの撮影システムが侵害だと立証できるのかどうかも疑問だ。せっかくなので、つついて反応を見たい。

あとは出来高で、少しでも役立ちそうな情報が入手できれば僥倖《ぎょうこう》だ。

最初に米谷が沈黙を破った。

米谷は侮蔑《ぶべつ》の表情で、自信たっぷりに笑った。

「まさかエーテル・ライブの代理人が直に乗り込んでくるとは思わなかった。通してもらえるとも思っていなかっただろうな」

未来はとりあえず本題を伝えた。

「警告書の件について、エーテル・ライブから委任を受けた弁理士の大鳳未来です。ご挨拶に参りました。今後のエーテル・ライブの窓口は私です。エーテル・ライブとのコミュニケーションは、すべて私を通じて行ってください。私以外の者がライスバレーに何を話したとしても、エーテル・ライブとは無関係です。以上です」

米谷と役員二人は、きょとんとして、お互いに顔を見合わせた。

「で？」

未来は「は？」と睨み返した。

「聞こえませんでしたか？　挨拶は終わりです。仕事に戻っていただいてかまいませんよ」

室内の温度が下がった。

五十代の役員が、ぼそっとつぶやいた。

「受付で三時間も待っていたと聞いた。てっきり詫《わ》びに来たのかと」

未来は、わざと笑った。

「三時間程度、立って待つくらいで驚きますか。余裕です。よく見ると皆さん体力には自信がなさそうですね。ひょっとして社用車で通勤ですか。都内で車なんて不要でしょう。公共交通機関と徒歩のほうが体にいいですよ」

三十代後半の役員が、驚いた。

「立って待ってた？　ロビーでしょんぼり待っていたんじゃないのか」

受付嬢が忖度《そんたく》して伝えたのか、米谷たちが勝手に勘違いしたのか。おそらく後者だ。

未来は思わず笑った。米谷が手を震わせながら眼鏡を取った。

米谷はハンカチを出して額の汗を拭った。

「次の予定まで時間があるからと思って特別に会ってやったんだが。喧嘩を売りに来たとはな」

未来はしれっと答えた。

「頼んでおりません」

　米谷が怒りの形相で立ち上がったところで、未来は断じた。

「エーテル・ライブには利害関係者が多く、どこからか警告書に関する情報を嗅ぎつけてくる輩が多数存在します。私を介しての応答以外は、すべてエーテル・ライブの正式な応答ではありません」

　米谷は何か言いたげだったが、未来は滔々《とうとう》と続けた。

「御社にご迷惑をおかけしないための措置です。ご了承くださいますよう、よろしくお願いいたします」

　米谷は座っている未来に向かって怒鳴った。顔を真っ赤にしている。

「無礼にもアポなしで乗り込んできた理由が、そちらの事情の押しつけか」

　ぎっと、未来は米谷を睨み返した。

「事情の押し付けと言えば、警告書にクレームチャートの添付がありませんでした。いついただけますか」

「ほう」と、米谷は納得した様子で答えた。

「本題は、わが社の主張立証事項の確認か。だったら理解ができる。エーテル・ライブに所属する天ノ川トリィが使用しているＶＴｕｂｅｒツールは、我々ライスバレー・システムの専用実施権を確実に侵害している」

歯切れが悪いのに、米谷は自信たっぷりだ。

　未来は続けた。

「確信しているのなら、証拠を提示していただきたい。侵害の主張立証責任は権利者側にあります」

　社長の背後から、三十代後半の役員が、口を挟んだ。

「天ノ川トリィの微細な表情の変化や、まるでアスリートのような全身の躍動。弊社の特許技術を使わなければ、表現できるはずがない」

　未来はすかさず反駁した。

「侵害を立証するには、天ノ川トリィの使っている撮影システムの分析が必須です。ネットで天ノ川トリィの表情を眺めているだけのあなた方に、システムの中身がわかるとは思えません」

　五十代の役員がドスの利いた低い声で怒鳴った。

「バレなきゃ何をやってもいいってのか？」

　米谷が五十代の役員を片手で制止しながら余裕の表情で答える。

「もし、我々の主張が気に食わないのであれば、訴訟の場で正式に争ったって構わないんだがな」

　どうしようか。何か、ずっと、引っかかる。

違和感の正体をもう少し掘り下げよう。

未来はカマをかけた。

「だったら、訴訟できちんと争いましょうか」

米谷と役員たちの表情が固まった。

未来はすっと立ちあがった。米谷に向かってゆっくり近づく。

「クレームチャートもない。侵害を主張する合理的な理由も出せない。話し合いで解決する姿勢も見られない。やる気が感じられない」

米谷の額の汗が頬を伝ったところで、応接室の横の固定電話が鳴った。

米谷も役員も無視している。着信音が煩い。

未来は促した。

「出たらいかがですか。私は気にしませんので」

米谷はじっと未来の目を見た後、苛立たし気に受話器を取った。

「電話は取り次ぐなと命じておいただろう。何、華村が来ている？　今日はこれから《松上《まつがみ》工務店》との打合せだ。事情を伝えて、お帰りいただいてもらうしかない。説明したが勝手に上がった？　まったく、どいつもこいつも勝手に土足で上がりやがって」

未来は「華村」と聞いた役員二人の表情の変化を見逃さなかった。

役員たちも荒々しい口調の米谷も、まるでいじめっ子から呼びつけられたいじめられっ子のような表情を見せた。

米谷は掌で額の汗を拭いながら答えた。ハンカチが床に落ちている。

「まったく、立場を悪用しやがって。わかった。いつもの店を予約して、先に行かせておけ。松上との打合せが終わったら、すぐに向かう。どうせタダ飯を食いに来ただけだろう。腹が膨《ふく》れれば勝手に帰るかもな」

米谷は、受話器を電話機本体に叩きつけるようにして通話を終えた。

消耗した表情で、米谷は未来に向き直った。

「次の予定がある。あんたが代理人で、窓口だとは確かに理解した。エーテル・ライブには、誠意ある対応を望んでいる」

未来は米谷の決め台詞を無視して訊ねた。

「華村って、ひょっとしてハナムラ測量機器の華村基英ですか」

米谷は一瞬だけ立ち止まったが、無視して扉のノブに手を掛けた。

開いた先の廊下には、老人が立っていた。

ラグビーボールみたいな顔をして、頭からは髪がほぼ抜けている。

青いシャツとスーツ姿で、皺の多い顔に眼光の鋭い目が印象的だ。

米谷が、驚いて呟く。

「華村さん」

華村基英だった。間違いない。ライスバレーにライセンスを与えたハナムラの社長だ。

華村は、はっきりとした呂律《ろれつ》で米谷を叱責《しっせき》した。

「私が呼び出したら二秒で出て来い。親しき仲にも礼儀があるだろう」

米谷も役員も深々と頭を下げた。

扉の隙間から、未来は米谷の表情を窺った。親の仇《かたき》でも目の前にしているようだった。

米谷は華村を連れて去っていった。

目的は達成した。雰囲気的に、米谷はまだ薄雲からの連絡を受けていない様子だった。

直後、応接室の扉を開けた女性社員が応接室に入ってきた。

「社長はお出かけになりました。お帰りはこちらです」

ライスバレーを出た直後、未来は棚町に電話をかけた。

待っていたと言わんばかりに棚町が出る。

『どうでしたか』

「米谷氏と直接話をしました。薄雲氏より先に手が打ててよかったです。ついでにライスバレーの内部事情も少しわかりました」

　事情を伝えると、棚町は驚いた。

『危ない橋を渡らないでください。こっちが冷や冷やします。めちゃくちゃですよ。せめてメールを送るとか電話をするとか』

　未来は笑って答えた。

「ミスルトウのやり方には慣れて欲しいですね。話し合いは直接に限ります。電話はまだマシですが、メールなんていう史上最低のコミュニケーションツールからは卒業したほうが賢明です」

　棚町は興味津々な声色で訊ねた。

『内部事情って、何かわかったんですか』

　未来は少なくとも自分の感覚から、ほぼ確信した情報を伝えた。

「ライスバレーとハナムラには複雑な事情がありそうです。何より特許に関しては、かなり特殊なはず。お願いがあります。ライスバレーとハナムラについて、調査会社を使って調査をさせてください。値は張りますが、ハズレたら調査費用は我々が持ちます」

　棚町はしばらく黙った後、答えた。

『興信所を使うって意味ですか。構いませんが、何か大事な情報でも掴んだんですか』

未来は確信をもって答えた。

「ライセンスを与えられたほうと特許権者の仲が悪過ぎます。今日乗り込んで確信しました。ライスバレーは専用実施権者としては、相応《ふさわ》しくない」

『米谷は、華村と相当に仲が悪いのですか』

未来はすぐに肯定した。

「ライスバレーはハナムラの特許を一度無効にしようとしました。無効に失敗した後、ライスバレーはライセンスを受けたんです」

説明を聞いた棚町は驚いて答えた。

『潰せなかった特許のライセンスを受けた？　ハナムラに服従したって意味ですか？　しかもハナムラは敵だった相手に特許の譲渡と同じライセンスを与えたんですか』

「詳細は調査中です。米谷は華村を後ろから刺しかねない勢いでした。お互いに刺し違えてくれていたら、私も楽だったのですが。とにかくツールの解析が終わるまでの間、ライスバレーとハナムラの関係を調べさせてください」

棚町は疑問を提示した。

『両社の関係を調べて、何をするつもりですか』

棚町には見えないが、未来は微笑んだ。

「弱みを握るに決まっているでしょう。交渉の材料は、世界に無限にあります。法的対応だけだったら、ごねる、潰す、仲良くする、あきらめる、の四つだけ。でもそれ以外の手段だってあるんです。早期に解決したいなら、特に」

棚町は、期待と不安が半分ずつ入り混じったような声音で、答えた。

『現在トリィについては、あり合わせのコンテンツでなんとか凌《しの》いでいます。しかし限界があります。早期の解決を望みます』

「最初から全速力でやっています」

棚町が、しれっと、別の質問を投げた。

『ところで天ノ川トリィですが、ブラックホール・フェスの出場は困難でしょうか』

質問の意図が不明だった。

「負けるつもりは毛頭ありません。でも一段落するまでは、撮影ツールの使用は控えて欲しいです」

『トリィのボイストレーナーから連絡がありました。トレーニングの時間を、三倍に増やせと要求があったと。トリィは歌いたがっているんです』

ジャズバーでのトリィの言葉が頭の中によみがえる。

――ＶＴｕｂｅｒは私にとって唯一で最良の選択よ。私はこの技術を使って生きていくしかないの

――自由に踊り、自由に歌いたい

未来はきちんと答えた。

「天ノ川トリィは必ず守ります。だから今だけは耐えさせて下さい」

棚町は答えた。

『わかりました。なんとか説得しておきます』

4

《夏目《なつめ》・リバース・エンジニアリング》は、技術に関するデュー・デリジェンス調査を専門とする事務所だ。

業種としては興信所だ。所長兼所員の夏目守太郎《もりたろう》は、テクノロジーだけでなく、あらゆる技術分野の業界の知見がある。無効審判の背後関係などを調べる際に、未来は夏目をよく使っている。

渋谷の宮益坂《みやますざか》上にある雑居ビルに、夏目の事務所はあった。

薄暗い階段を上り、未来は事務所に入った。

夏目は、ぼさぼさの髪に黒縁の眼鏡を掛け、アロハシャツを着ている。

夏目は、電子タバコを吸いながら嫌そうに答えた。

「相変わらず特急の仕事ばかりですね、未来さん。もっと余裕をもって依頼をして欲しいもんです」

「文句なら特許制度に言って。あと客用に椅子を用意しなさい」

よくわからない基盤やらモニタやらで埋まった、とても人を応接するとは思えない事務所内で、未来は立ったまま依頼内容を説明した。

夏目はすぐに基盤の山の中から、キーボードを引っ張り出した。

「ライスバレーと松上工務店だったら、提携の話だな」

足元のディスプレイに、映像が表示される。

「最近、幕張《まくはり》メッセであった《ＩＴウィーク》の講演内容です。ライスバレーは、ゼネコンの松上工務店と組んで、広島の中《なか》区にサッカースタジアムを建設する予定です」

未来はしゃがんでモニタの動画を見た。

サッカースタジアムの建設についてのプレゼンテーション動画だ。総面積やら、設備やらの説明が、延々と流れている。

未来は首を傾げて疑問を露わにした。

「そりゃスタジアム建設なら松上工務店はわかる。でもライスバレーは何で関わっているの？　測量？」

夏目は動画を停止した。そしてファイルだらけで何がなんだかわからないデスクトップ画面の中から、一つのフォルダを開いた。

「スポーツ・テックですね。松上工務店がスタジアムのハード面、つまり建築そのものを担当する。ソフト面はライスバレーが担当するんです。デモ映像があるので見てください」

何層にもなって、どうやって把握しているのかわからないくらい深い階層の中から、夏目は一つの動画ファイルを選び開いた。

同じく松上工務店のデモ動画だった。会場で流れた動画をカメラで撮影した動画だ。会場のスクリーンで、サッカーの試合の中継が始まった。

まだ影も形もない広島の中区のスタジアムで試合が行われている。だとしたらスタジアムはCG映像だ。

だったら選手もCGの合成か。

しばらくして夏目が答える。

「幕張メッセの講演でのみ流れた映像です。僕は講演を聴きに行っていて撮影もしたんです。未来さんが見たい部分は、きっと動画の半分くらいのところからですね」

夏目は動画を先に進めた。

さっきまで横方向からの固定だったカメラが、ぐるぐると自在に動いている。選手たちが走る姿が、空から足元からあらゆる角度から撮影され動画に映っている。

未来は思い当たる節があった。

「三六〇度撮影ね。ぐりぐり動いているから、結構な数のカメラを使っての撮影のはず」

夏目は得意気に否定した。

「カメラはフィールド全体で四台だけです」

未来は率直に驚いた。

「少なすぎるわ。どう考えても足りないわよ。ひょっとして、全部ＣＧ合成？」

冷静に考えると、足元から選手を撮影するには、フィールドにカメラを埋め込む必要がある。

夏目は、微笑んで頷いた。

「半分は合っています」

動画を一時停止させ、夏目は画面を拡大した。

スクリーンに映った動画の撮影なので、画像は荒い。しかし、拡大された選手たちを見て、未来は納得した。

本物の選手だと思っていた映像は、点の集合でできていた。

未来は思わず呟いた。

「点群データ。選手が無数の点の集まりで構成されている」

夏目は頷いた。

「当たりです。本来ならカメラで撮影できない方向からの映像でも、点群データなら生成できるんです」

拡大したまま、夏目は動画を再生した。点の塊が高速で動いている。

未来は驚嘆した。

「選手の足元からのカメラ映像をリアルタイムで作れるのね。シミュレーション技術の一種か。かなりの技術力が必要ね」

夏目は頷いた。

「実現の難易度はかなり高いです。測量会社が測量用に使う、動かない地形や建物を測量するシステムで数百万円台です。動画撮影となると、数百倍以上の値段になりますね」

夏目の計算が正しければ、ライスバレーの導入しようとしているシステムは、数十億円の規模になる。

スタジアムの建設費用は、だいたい数百億円規模なので、建設費用の十パーセント程度が撮影システムの導入費用になる。

ゼネコンの建設事業に、一介の測量ソフトメーカーが一割程度も入り込むなんて前代未聞だろう。ライスバレーはかなり大きな契約を得たことになる。

未来は夏目に訊ねた。

「松上工務店とライスバレーの関係はすぐにわかる？　今知っている情報だけでもいい」

夏目は専用のデータベースでもなく専用のツールでもなく、グーグルでの検索をひたすら繰り返した。

「業界情報だったら、やっぱりグーグルが一番の検索ツールですよ」

五分後、ブラウザに大量のタブを作った夏目は、中身を順番に説明した。

「松上工務店はソフトウェアに弱く、ソフト面で補強をしてくれる協業先を探していました。ライスバレーは点群データの映像システムを引《ひ》っ提《さ》げて、松上工務店との協業を勝ち取ったわけです」

夏目の説明は続く。

「スポーツ・テックの課題は、観客が実際の試合ではなく、スマホや大型ディスプレイばかり見ていることです。本末転倒ですよ。きちんと試合も見てくれるようにバランスをとることが課題になっていますね。ライスバレーは上手くやっている感じかな」

一通り説明を聞いた後、未来は質問した。

「ライスバレー以外に点群データの映像システムに強い企業はわかる？　例えば、ハナムラ測量機器とか」

夏目はまた検索を開始した。

五分後、また大量のタブを引っ提げて夏目は滔々と説明した。

「ハナムラも中途のエンジニアを大量に採用して技術開発をしていますね」

別のタブを開く。転職サイトの口コミが書いてある。

「ただIT企業としてのハナムラは、ブラックで有名。大量に採用しても、採用した以上に辞めていくとか」

未来はモニタを覗き込んだ。

「具体的に何に応用するために、エンジニアを大量に採用したの」

夏目も、モニタを睨んだまま唸る。

「測量機器と第五世代移動通信の融合、と書いてあります。でも、最終製品を見た覚えがないので、きっと失敗したんだと思います」

未来は思考を巡らせた。

「ハナムラの技術力は、あまり高くない？」

意外にも夏目は否定した。

「逆です。高いほうですよ。ハナムラの社長は新しもの好きで有名。人やモノにはお金をかけるんです」

夏目は別のタブを開いた。

「ハナムラは、『第二の創業』と銘打って、新分野への進出を三回繰り返しています。

ただし、全て事業化までは至らずに終わっていますが」

ハナムラはずいぶん果敢にリスクを採っている。聞こえはいいが、結果が出ないなら単なるギャンブル好きに過ぎない。

未来は念のため確認した。

「ハナムラとライスバレーって、元から協業関係にあったりする？」

夏目は少し考えて、首を横に振った。

「協業どころかお互いにライバル同士ですね。ハナムラから見たらライスバレーは勢いのある新興企業で油断ができない。ライスバレーから見たらハナムラは業界一位として頭上に君臨する王者。敵同士ですよ」

「ライスバレーはハナムラの特許について一度無効審判を請求している。特許に関する両社の関係を調べて」

調査に必要と思われる情報を、夏目に渡した。

夏目は少しだけ悩んだ後、未来に訊ねた。

「今すぐ知りたいですか」

夏目の意図が分からなかったが、未来は頷いた。

「できれば今日中」

「人、増やしてもいいっすか。今、手の空いてるスタッフが三人います。費用は嵩《かさ》みますけど、今なら三人とも使えます」

夏目が「費用は嵩む」と断る場合は本当に嵩む。依頼すれば今回の事件に対する掛け金は跳ね上がる。

天ノ川トリィの顔が思い浮かんだ。

上等だ。彼女の才能は私が守る。

未来は答えた。

「いくら掛かってもいい。お願い」

と、未来の胸元が震えた。着信だ。

棚町からだった。未来はすぐに通話を受けた。

棚町は焦燥《しょうそう》した声で、不安を露わに告げた。

『今、よろしいですか。緊急のお願いが』

「少しだけ待ってください」と待たせて、通話を保留にする。

未来は右手をぴっと上げて、礼を述べた。

「ありがとうね。依頼料は前金で口座に振り込んでおく。足りない分は、後で追加請求して」

未来は事務所から出て薄暗い廊下の階段を下りた。スマホの保留を解除する。

「棚町さん、お待たせしました」

棚町の声は、震えていた。

『本件ですが、条件が変わりました。訴訟の回避はもとより、天ノ川トリィには何も非がないと立証してください。期限も早めさせてください』

尋常ではない様子だった。未来は冷静に訊ねた。

「以前は金銭的な解決でも構わないとも仰っていましたよね。方針変更ですか」

棚町の声は、上擦っている。

『変更です。もちろん費用や報酬については改めてご相談させてください。いくらでも払うので、天ノ川トリィの存在が特許侵害でないと証明してください』

未来は立ち止まった。

「ご報告した通り、まだ侵害かどうかの調査は終わっていません。調査は優秀なエンジニアでも一週間はかかります」

スマホのスピーカーから怒号が聞こえた。

『いい加減にしてくれ！　一週間なんて待っている場合じゃない！』

棚町はパニックに陥《おちい》っている。未来はなんとか宥《なだ》めようと試みた。

「落ち着いてください。何があったのですか」

しばらく沈黙があった。未来は階段を三階分下りた。宮益坂に出るまでずっと棚町は黙っていた。

通話中の状態で五分ほど待った。

やがて棚町は落ち着いて喋り始めた。

『失礼しました。メールをお送りしてあります。リンク先の動画を見れば理由が分かります。今すぐ見てください』

未来はショルダーバッグの中からタブレットを取り出した。

メールボックスを確認する。棚町から、リンクのＵＲＬだけが書いてあるメールが届いている。

リンク先を開いた。ツイートだった。

アカウント名『櫛名田カラン@いじげんたじげん五期生』。

アカウントのアイコン枠の中には、媚《こ》びた表情でウインクする、カランの顔が映っている。

カランの容姿はエーテル・ライブに現れた演者、祐天寺マコとは全く違う方向に突き抜けていた。

十代前半だろうか。体形や顔つきにはマコの面影がある。しかしＶＴｕｂｅｒとしてのＣＧキャラクタは、ボリュームのあるふわっとした薄茶色の巻き髪で、フリフリのドレスを着ている。

最近呟かれたばかりのツイートがある。動画が埋め込まれている。

ツイートを読んだ。

『櫛名田カラン、エーテル・ライブに殴り込み？　天ノ川トリィ、恐れをなして引退か？』

コメント数一六五、リツイート数五〇七八、いいね数一・九万。

なんの冗談か。未来は埋め込み動画を再生した。

エーテル・ライブの執務室が映った。動画には櫛名田カランと顔をスマイル・マークのシールで隠した男が映っている。見覚えのある安いスーツだった。

カメラが左に動く。

金髪を後頭部で二つに分け、タンクトップにホットパンツ姿をした天ノ川トリィがいた。演者ではなくCGのトリィだ。トリィは、ぶすっとした表情で腕を組んでいる。トリィの後ろには棚町がいた。棚町の顔はサングラスを掛けた顔の絵文字で隠されている。

背筋がぞくっとした。祐天寺マコが乗り込んできた時だ。

未来は思わず叫んだ。

「撮影されていたの⁉」

未来の目の前を通ったサラリーマンが、ぎょっと振り返った。

棚町が説明する。

『再現映像だと、動画の最後に断り書きがちょろっとだけ出ます。でもほぼ捏造です。櫛名田カランの事務所のいじげんたじげんが勝手に再現動画を作ったんです。今SNSもニュースサイトも盛り上がっています』

よく見ると、天ノ川トリィのグラフィックスは全く動かない。他の画像から切り取ったコラージュだ。

そもそも当日は演者のほうの天ノ川トリィがいただけだ。CGキャラクタが映るわけがなかった。

しかし映像はともかく、音声は完全に録音だった。

未来は動画内でのカランとトリィのやり取りを注意して聴いた。

『逃げんのか！　私に負けるのが怖いんだろ！　何とか答えてみろ！』

『私忙しいの』

『あんたここ数日、動画を全然アップしてないでしょ！』

『とにかく、馴れ合いなんてまっぴらごめんなの』

『私が優勝すっぞ！』

『できるんならしたら？』

トリィの「声帯を潰して丸焼きにする」とか「他人の人気に寄生して再生数を稼ぐ」とかの物騒な台詞はカットされている。

トリィの音声はカランに都合よく切り貼りされていた。何も知らずに動画を見れば、確かに『カランの挑発を受け流す振りをしつつ、実は逃げようとしている天ノ川トリィ』に見えなくもない。

トリィが三日ほど動画をアップロードしていないことも一役買っている。

結局、ＹｏｕＴｕｂｅの世界では、動画を上げ続けているかどうかが全てだ。にしてもだ。タブレットを持つ手に力が入った。

「天ノ川トリィ引退って、あんのキンキン声、根も葉もない噂を広めるなんて。プロレスの試合前の煽り合いのほうが、よほどまともです」

棚町も心配そうに答えた。

『ブラックホール・フェスの運営委員会からも確認の問い合わせがありました。引退はともかく、本当に出場しないのかと』

「フェスの欠席は、前から運営に伝えていたのでは？」

棚町は困った声色で答えた。

『運営側の意図は、欠席の確認ではありません。出場してくれとの懇願です。ぜひとも出場して欲しいと』

逆に話題性が出たと思われたのか。それとも、出ない出ない、からのやっぱり参戦を期待しているのか。

しかし未来は冷たく断じた。

「スタンスは、何度も伝えましたよね。負けるつもりは毛頭ありませんが、警告書の対応が終わるまでは静かにしていてください。ここで動いたらライスバレーが訴訟を強行する可能性だってあります。話題性が稼げるから出場させたいとは、フェスの運営会社の都合でしょう。棚町社長が付き合う理由は──」

棚町社長は、断じた。

『私の考えでも、フェスの都合でもありません。天ノ川トリィの意志です』

予想外の答えに未来は驚いた。

「出る気がなかったのに？」

『トリィは祐天寺マコと正直に腹を割って話をしたんです。にもかかわらず、マコ側が裏切ったわけです。トリィは怒り狂っています』

祐天寺マコが乗り込んできた際の状況を思い返した。

「あれで腹を割って話をしたうちに入るんですか」

『本件の解決の見込みが立つまでは、天ノ川トリィの活動は控えさせておく予定でした。しかし、状況が変わりました。トリィは言い出したら話を聞きません』

トリィの気持ちもわかる。しかしビジネスの話だ。未来は冷たく断じた。

「代理人として認められません。従業者のコントロールは、雇用者の義務でしょう」

『エーテル・ライブを今の規模まで大きくした功労者はトリィです。トリィの意向は最大限に尊重してやりたい』

意向、と言われても。

「差し止められたら意向もクソもありません。ブラックホール・フェスは、いつでしたっけ」

『来月です。ですから、二週間後です』

「再来週ですか。警告書の応答期限とほぼ同じ」

なんで締め切りって奴は、道路工事が年度末に集中するみたいに重なるのか。

未来は額に手を当てて呻いた。

ふいに棚町の声が消えた。電話の向こうで、他のスタッフと話し始めた様子だった。

スタッフとの会話が微かに聞こえる。

『今、電話中です。後に――何、ライスバレーから連絡？』

嫌な予感がした。エーテル・ライブの仕事は、嫌な予感ばかりだ。

未来は慌てて確認した。

「なぜライスバレーから連絡が？」

棚町が、泣きそうな声で答えた。

『ライスバレーよりメールが。近日中に訴訟を提起すると』

「は？」

宮益坂の通行人たちが、一斉に未来を見た。

未来は即座に事実の確認を試みた。

「まだ警告書の応答期限内です。いくらなんでも早すぎる！　メールを転送してください」

すぐに棚町からメールが届いた。未来はメールを開いた。

ＰＤＦの警告書に急いで目を走らせる。

一回目の警告書とは打って変わった書き方だった。

実際には警告書ではなく、単なる知らせだった。

内容を掻い摘むと「特許権者ハナムラ測量機器との相談の結果、ライスバレーは本件侵害について訴訟にて事実を明白にする」との意味だった。

納得がいかない。未来は理由を考えた。

「訴訟がしたかったのなら、警告書なんて送らずに最初から訴訟を提起すればいい話です。どうして？」

もう一度メールを読み直す。

相談の結果。

裏の意図がひしひしと感じられた。

「ハナムラから命令されたんだ。訴訟を起こせと」

棚町はまたパニックになっている。

『どうすればいいんだ。一番恐れていた事態になった』

ライスバレーとハナムラに何があったのだ。

「特許を持っている側が、警告書を送りつつ裏で訴訟の準備をするならわかります。でも警告書の応答期間内に本当に訴訟を起こすなんて礼儀違反です。あるとしたら、例えば相手が不誠実な対応をされたと勘違いした場合――」

未来は閃《ひらめ》いた。

「薄雲鷹介の仕業です。ハナムラを逆上させた可能性が高い」

棚町が慌てて訊ねる。

『まさか本当にコラボを提案したと？　でも大鳳先生が、米谷社長に窓口は一つだって話をしたんですよね』

未来の頭の中では、何が起きたか完全に予想できていた。

「薄雲氏が、ライスバレーだけでなく特許権者のハナムラにもコラボを持ちかけたとしたら」

薄雲がエーテル・ライブにいた際、彼は特許公報を持って出て行った。

特許公報には、ライセンスを受けた者の名前は載らない。載る名前は特許権者のハナムラ測量機器だけだ。

ひょっとしたら、薄雲がコラボを持ちかけた相手はライスバレーではなく、最初からハナムラだったのではないか。

そもそも薄雲の特許法の知識は本当に正確だったのか。知識は中途半端で、特許ライセンスと特許権者の関係なんて理解していなかったのではないか。

もし華村と薄雲が話をしたらどうなるか。薄雲の態度を考えれば、華村の機嫌を損ねる可能性はおおいにある。

考えれば考えるほど、薄雲と華村は会ったらアウトな気がする。

棚町は慌てて答えた。

『至急、薄雲氏に確認します』

未来は気休めにでもなればと考え、答えた。

「訴訟にも準備が必要です。明日いきなり裁判所から呼び出されることはありません。もし訴訟になったとしても、約束通り代理人手数料はいただきません。裁判もきちんと責任をもって代理します」

棚町は怒りの籠《こ》もった声で答えた。

『薄雲氏の件が事実だったら、今回ばかりはいくら出資者でも許せません。アタレ・キャピタルを訴えたって構わない』

未来は、歯軋《はぎし》りのする思いで棚町を諫《いさ》めた。

「気持ちはわかります。でも後にしましょう。今は天ノ川トリィを救うんです。私もできる措置を考えます」

通話が終わった。どっと疲れた。

未来は額の汗を拭った。

ライスバレーがエーテル・ライブに送ったメールには「特許権者との話し合いにより」と書いてあったが、実際には話し合いでなく命令だろう。

薄雲によるコラボの持ちかけに怒った華村が、米谷に連絡をした。仮説としては悪くない。

すぐにまたスマホが震えた。

見知らぬ番号だった。未来の連絡先を知っている人間は、依頼人を除き限られている。

未来は通話ボタンを押した。

「どちらさまですか」

ハスキーな、でも聞いていて心地の良い声だった。

『ついさっきまで怒鳴っていました、みたいなしゃがれ声での対応なんてやめて。クライアント様よ』

未来は通話を切ろうかと考えたが、一応会話を続けた。

「トリィですね。電話番号なんて教えた覚えはありませんが」

『棚町社長から訊き出した。話は横で聞いていたから』

何を話せばいいか。いろいろ考えた結果、未来は一つだけ伝えた。

「少し状況が変わりましたが、心配は不要です」

トリィは無視して答えた。

『来て欲しい場所があるの。すぐに来て』

第四章

敵の思惑

1

ＪＲ恵比寿《えびす》駅の西口から明治通りに五分ほど歩いたところに、ライブハウスがある。

天ノ川トリィに指定された場所だった。

午後七時、未来はライブハウスに予定通り到着した。ライブハウスの入り口から外にまで行列ができている。

客層は、ゴスロリ、制服姿の女子高生、長い髪の毛を後ろで纏めている男子、スーツ姿のサラリーマン、金色八十パーセント、紫色二十パーセントの髪色の男性、やつれた女性会社員と、一般的なライブハウスの客ばかりだった。

並んだほうがいいのか悩んでいると、背後に気配を感じた。

振り向いた時には既に手を摑まれ、引っ張られていた。

天ノ川トリィだった。デニムのスカートに、ヒステリック・グラマーのＴシャツ姿だ。サングラスを掛け、髪は一纏めにしている。

トリィは未来を引き摺りながら愚痴る。

「遅い。クライアントは神様でしょ。私が呼んだら三秒で来て」

手を振り払おうとするが、馬鹿力で全く離れない。

未来は文句を付けた。

「クライアントはあなたじゃなくてエーテル・ライブです。千歩譲っても棚町社長。で、何の用ですか。私は忙しいんです」

トリィに連れてこられた先はライブハウスの通用口だった。「関係者以外立ち入り禁止」と大きく書かれている。

トリィは躊躇《ちゅうちょ》せずに通用口を通り抜けた。

薄暗い通路を進んだ。未来とトリィは、すれ違うスタッフから睨まれ続けた。

舞台裏に到着した。スタッフによって厳重に警戒されている。

スタッフが慌てて制止した。

「あなたはともかく、後ろの方はちょっと」

トリィはサングラスを外した。

「私の関係者。通して」

スタッフは黙った。

未来は何もわからず、トリィに手を引っ張られたままライブハウスの中をひたすら進んだ。

楽屋の並ぶ通路を突き抜け、楽器箱やらアンプやらが積み上がった空間に出た。倉庫に見えた。

倉庫なのに、スタッフの数は増加している。ヘッドセットを着けた男が、血走った目で怒鳴っている。

オレンジ色の薄暗い照明の中、見覚えのある安いスーツ姿の男がいた。

瞬間、トリィが立ち止まった。未来も足を止めた。

「静かに見て」

トリィが倉庫の中を指さした。未来は角から顔を出す。

倉庫の中を三脚に載ったカメラが取り囲んでいる。

カメラで囲まれた矩形《くけい》の空間には、薄いマットが敷かれている。

中央には、小柄だが筋肉質の女性がいた。身長は一五〇センチないくらいか。ダンス慣れした雰囲気だった。セパレートのスポーツウェアで、全身にマーカを貼りまくっている。スタッフとカメラの映り具合を、小型のモニタで逐次確認している。

トリィはすぐに別の通路に向かった。ライブハウス内はかなり広い。

やがて録音室に辿り着いた。録音室には、防音ガラスの窓が備わっている。

トリィは室内から死角の場所に立った。

「中の人間に気付かれないように見て。本番前で気が立ってる」

大きなヘッドホンを着けた祐天寺マコがいた。不機嫌そうにマイクを睨んでいる。

未来はトリィに訊ねた。

「櫛名田カランの演者ですよね。ちょっと待って。まさか直接殴りに来たんですか」

トリィは呆れた表情で答えた。

「人を狂犬扱いしないで。今日は歌を聴きに来ただけ。観客に煩わされない席があるからついてきて」

また手首を摑まれ、未来は引き摺られた。

引っ張られながら、未来は訊ねた。

「ここは櫛名田カランのレコーディング会場ですか。さっきのマーカを貼りまくった人は何をする人ですか」

トリィは、驚いて目を見開いた。

「エーテル・ライブの代理人のくせにＶＴｕｂｅｒのライブは初めて?」

「代理人だからといってライブを見る必要はないので」

トリィは呆れた表情で、サングラスを掛けた。

「見ればわかるわ」

ライブホールに入った。未来は、低音の波を全身で受けた。

キャパシティは百人程度か。ホールは満員の熱気で消耗しそうだ。

トリィが通ると、人の波が勝手に割れていく。

トリィはホールの一番後方に陣取った。

ステージの上には、左右に縦長のディスプレイが配されているだけだった。ドラムセットなどの楽器はない。

よく見るとステージの中央には、透明なガラス板が置かれていた。かなり大きい。

やがて照明が消え、悲鳴に近い歓声が上がった。

櫛名田カランの姿が、ステージの上に映った。

ガラスのスクリーンに、カランの姿が映っている。

「なるほど。初めて見ました」

ステージの上を、櫛名田カランが縦横無尽に飛び回る。

未来は大声で、トリィに訊ねた。

「ひょっとして、踊りと歌は別の人が演じているんですか」

トリィは頷いた。

「櫛名田カランのダンスは、専属のダンス担当者のモーション・キャプチャーよ。マコは歌とMC」

祐天寺マコ、もとい、櫛名田カランのMCが始まった。確かにピヨピヨ声だ。

未来は感心した。

「分割録音みたいなイメージですね。冷静に考えれば、同一人物がダンス、歌、MCと、全部やる必要はありません。各分野の専門家が演じればいい。全部一人でやっているあなたが特殊なだけでした」

大歓声の中、一曲目が始まった。

奇妙な感覚だった。油絵具を上から何度も塗りたくるように、何人もの祐天寺マコの声が重なっている。

しかも微妙に声質が違う。マコの声なのだが、微妙に異なっている。

はっと未来は気付いた。

「ほとんど合成音声。電子的に作ったマコの声ばっかり」

歓声の中、トリィは未来の呟きを聞きとっていたようで、驚いて未来に答えた。

「よくわかったわね。今日は、全部で八人よ」

毎回、人数が変わるのか。

トリィは、未来の耳元に口を近づけて説明する。

「櫛名田カランのボーカル音声は、音声合成システムと本人の地声を合成させた上で、加工を繰り返して作り出されるの。ステージごとに、専属のサウンド・プロデューサが微調整をする」

未来は答えた。

「ステージに再現性がないとしたら、一回一回のライブの希少性が高まりますね」

トリィは肩を竦めた。

「理解できないわね。私だったら千回でも一万回でも、全く同じ声色で、同じダンスでライブをこなしてやれるけど」

まるでイチローだ。イチローは、ダイヤモンドを何度走っても同じ歩数で塁を踏むと聞く。

約二時間、本物一人と偽物七人で作られた櫛名田カランは、ファンを揺さぶり、振り回し、突き放し、最後に包み込んだ。

未来には、ホールの歓声がまるで対岸の火事のような、遠くの出来事に思えて仕方がなかった。

トリィを横目で観察した。まるでテレビのニュースで、中東の小さな国の内戦の映像を見ているような表情だった。

未来は率直に答えた。

「櫛名田カランの声が、楽器のパートの一つみたいな扱われ方をしているところが何か不思議です。私の感覚の話ですが」

トリィは頭《かぶり》を振った。

「ボーカルの喉も結局は楽器よ。ボーカルのオーディションでは、声がいいかどうかだけを見て、技術など他の要素は一切見ないってプロデューサもいるし」

「エーテル・ライブも？」

「オーディションはなかった。私が生まれて初めてＹｏｕＴｕｂｅにアップロードした歌の動画、たった一本で棚町社長は私に声をかけてくれた」

櫛名田カランが、手を振りながら姿を消す。ファンたちが泣き叫ぶ。行かないで、行かないで。

アンコールの声に応えて、櫛名田カランが闇の中から再度現れる。

死体が蘇《よみがえ》ったかのような歓声が上がった。

トリィが吐き捨てるように呟いた。

「帰りましょう」

勝手に出口に向かうトリィを、未来は追った。

早足で去るトリィに、未来は訊ねた。

「毎回、櫛名田カランのイベントを観ているんですか」

トリィはぶっきらぼうに答えた。

「合成音声が使われている舞台や歌はなるべく全部ね」

ライブハウスを出た。湿気を帯びた空気が気持ちよかった。

つかつかと歩くトリィに向かって、未来はすかさず訊ねた。

「興味本位での質問なので、答えたくなかったら答えなくていいですけど」

トリィは、むすっと不貞腐れた子供のような表情をしている。

未来は続けた。

「櫛名田カランの歌声を聴いて気付いたんです。天ノ川トリィは声を絶対に加工しませんよね。なぜですか」

トリィは、未来に振り向いた。サングラスで目元は見えないが、トリィは驚いている様子だった。

トリィの口元が綻んだ。

「あんた、目聡《めざと》いわよね」

「なんとなく気付いただけです」

トリィは誰にともなく答えた。

「だって合成音声じゃ泣けないでしょ」

ライブハウスの前の車道を車が通過していく。

トリィが告白するように繰り返す。

「何度も試しているけど私は合成音声じゃ泣けない。でも私だけの話で、世の中は櫛名田カランで満足なのかも」

また車が通りすぎた。

「棚町社長から聞いた。けっこう不利な状況みたいだし、降りるのもありかもって――」

気が付いたらトリィの腕を摑んでいた。

想定外の状況だったらしく、トリィは硬直している。

トリィを睨みつけて未来は続けた。

「あなたの才能は私が必ず守ると言ったはずです」

しばらくの沈黙の後、トリィは静かに答えた。

「なんとかしてみせて。お願い」

2

翌日、棚町から連絡があった。

『大鳳先生の予想通りでした。薄雲氏は、昨日の夜にハナムラに向かったことを認めました』

未来は額に手を当てた。

『薄雲氏は、特許公報の特許権者名を見て、ハナムラが警告書を送付したと思い込んだんです。華村は薄雲氏と会いましたが、口論になったと』

棚町は『責任を取らせる』と意気込んだ。未来はなだめた。

「終わった話です。今は訴訟を回避する方法を探りましょう」

未来は再び鉄砲洲のライスバレー本社に向かった。

道を歩きながら状況を整理する。

近日中の訴訟提起の宣言。二週間後のブラックホール・フェス。直近の櫛名田カランの動画の火消し。火消しは棚町社長に任せる以外にない。なんでトラブルは纏めてやって来るのか。

ライスバレーは、文字通り門前払いだった。

受付嬢は深々と頭を下げた。

「社長はお会いになりません。連絡は書面でのみ受け付ける、と承っております」

いなかったはずの警備員が三人姿を現した。わざわざ用意したのか。

ゴネるには難しい。未来は辞した。

特許権者からの締め付けがきつくなったか。思わず歯を食いしばる。

ライスバレーの本社を出たところで、スマホが震えた。

新堂からの連絡だった。

『撮影システムの解析は八割ってところです』

未来は冷たく突き放した。

「足りないわよ。十二割終わらせてから連絡なさい」

通話を終えようとしたが、スピーカーから新堂の泣きそうな声が響いた。

『一週間はかかるところを二日で八割も進めたんですよ。少しは労《ねぎら》って欲しいです。ところで現状の八割の解析での予想なんですが、天ノ川トリィの撮影システム、ほぼ間違いなく仮想ネットワークを使っています』

未来はスマホを耳に当てた。

「5Gなのね」

新堂は興奮しながら答えた。

『すごい技術ですよ。無理矢理感はありますが、仮想化を実現しています』

だとすると侵害は確定する。

じりじりと選択肢が狭まっていく。

未来は、別の確認事項について訊ねた。

「出所のほうはどう？　分からず仕舞い？」

新堂は力なく肯定した。

『申し訳ありません。しかし、もし実在するなら、如月測量機器は技術力のある、真っ当なメーカーですよ。特にレーザー・スキャナの精度がすこぶる高い。ロット毎の性能のバラつきも少ないと思います』

未来は複雑な気分だった。ライスバレーやハナムラが褒められている気分だ。

しかし一方で、不思議な感覚でもあった。

未来は訊ねた。

「市販のハードウェアを掻き集めて作った割には高性能だった、と。5Gでしょ。そんなこと可能なのかしら」

意外にも、新堂は否定した。

『どうも逆ですね。スキャナから点群データ処理、データ転送まで、最初から統一的に設計していますね』

「市販品を掻き集めていない？　じゃあ如月測量機器はゼロから全部自分で作ったの？」

『如月測量機器が実在して、かつメーカーだとしたら、ありえます』

主要販売経路がフリマの凄腕メーカー。意味が分からない。

如月測量機器って何者だ？

考えていると、新堂が別の話題を振った。

『ところで、出所を探していた際に耳にした情報です。どうも、天ノ川トリィの撮影システムの出所を探している人は多い様子です』

「具体的に誰がどうして探しているの」

『VTuberたちです。未来さんも知っている通り、天ノ川トリィの撮影システムは、本当によくできているんです』

「確かに最初、天ノ川トリィのダンスを見たときは驚いたけど」

『演者の微細な表情の変化も、マイクロメートル単位で読み取ってCGキャラクタに反映させる。演者の体全体の動きも細かくトレースして、キャラクタがヌルヌル動く。同じツールを探しているＶＴｕｂｅｒは、多いんです』

未来はてっきり、問い合わせがなくはない程度かと思っていた。実際にはかなりのレベルらしい。

未来は新堂に同意した。

「やたらに高性能だって点は納得できるわね」

新堂も早口気味で説明する。

『実際、ネット上でも撮影システムについての噂がいろいろ飛び交っています。ハリウッドの技術で作られているとかなんとか――』

新堂が、急に声を上げた。

『ちょっと待ってください！』

別の電話を取った様子だった。新堂は別の電話で、別の相手と何か話をしている。

しばらくして、新堂は興奮した声で通話に戻ってきた。

『未来さん、如月測量機器から測量用のレーザー・スキャナを購入したって測量事務所がありました』

3

未来は新堂と共に、埼玉県さいたま市大宮区《おおみや》に向かった。

新堂が見つけた測量事務所は、幸いにも大宮駅から近くにあった。

未来は、雑居ビルの看板を見上げた。

「《妹尾《せのお》土地家屋調査士事務所》」

新堂がスマホで場所を確認する。

「合ってます。土地の測量や、建物の登記を専門にしている事務所ですね」

階段を上り、三階にある事務所を訪ねる。

奥から所長の妹尾が出てきた。

作業着姿で四角い顔に金縁の眼鏡をした五十代くらいの男だ。身長は男性の平均くらい、がっしりとした体格をしている。

未来は、利害関係人を特定できない形で、事情を説明した。

妹尾は快く、協力してくれた。

「昔からハナムラのレーザー・スキャナを使っているんですけどね。今度スタッフを増やすので、もう一台買い足そうかと思いまして。フリマで探したんです」

未来は全力の営業スマイルを浮かべた。

「商売繁盛で何よりです。ところで、ネットでの機材購入に抵抗はありましたか？特許事務所は鉛筆一本で立ち上げられる商売です。専門的な機器を購入する機会がなくて、フリマも使ったことがなくて」

妹尾は苦笑した。

「実は、最初のハナムラのスキャナはネットのオークションサイトで購入したんです。説明欄にも、細かく商品状態が書かれていましたし、なにせオークションやフリマで買うと安いので。店で新品なんか買う余裕はないですよ」

未来も新堂も、ビジネスの一部としての笑顔を見せた。

未来は訊ねた。

「購入は、いつですか」

「先々月だったかな。ちょっと待ってて下さい。ログをお見せします」

妹尾は分厚いノートパソコンを持ってきた。

フリマのサイトを立ち上げると、購入履歴を表示した。

未来と新堂は、映りの悪い画面をのぞき込んだ。

新堂が呟く。

「天ノ川トリィが購入した際と、同じ情報ですね。惜しい」

ほとんど目新しい情報はない。商品の説明も、如月測量機器のアカウントが消去されると同時に大部分が消えている。

未来は妹尾に訊ねた。

「実物を見せていただけたりしますか」

妹尾は二つ返事だった。

「いいですよ」

妹尾は事務所の奥から、黄色い、小型トランク大のケースを持ってきた。ケースを開き、三脚と黄色いレーザー・スキャナを組み立てる。

未来は、じっと測量用のレーザー・スキャナを観察し、思わず呟く。

「トリィが使っていた四台のレーザー・スキャナと雰囲気が似ているわね」

「ガワは少し違いますけどね」

未来は妹尾に訊ねた。

「如月測量機器って、あまり聞かないメーカーですよね。購入した決め手はなんですか」

妹尾は真面目な表情で答えた。

「写真に写っていたユーザ・インターフェースが、ハナムラのスキャナと似ていたからです。ハナムラのスキャナなら使い慣れていますからね。使いやすいと思ったんです」

何かむずむずする感覚が残った。

未来は自分の感覚に従った。

「ハナムラのスキャナって、今ありますか。見せていただいてもいいですか」

妹尾はまた事務所の奥に戻り、今度は赤に近いオレンジ色のケースを持ってきた。

妹尾が慣れた手付きでスキャナを組み立てる。

外観は如月測量機器のスキャナとかなり異なっている。如月測量機器のスキャナから余計な凸凹を減らして、シンプルにした雰囲気だ。

未来は妹尾に訊ねた。

「操作パネルを見せていただいてもいいですか？」

妹尾は笑った。

「どうせなら気の済むまで調べてください。でも壊さないでくださいね」

未来は如月測量機器とハナムラ、両方のスキャナの電源を点けた。

表示されたユーザ・インターフェースを比較した。

「似ている」

少し触ってみた。使い方はわからないが、適当にボタンを押したりカーソルを動かしたりした。

確かに似ている。動きとか階層構造とか。

妹尾が説明する。

「操作感というか、画面のもっさりした表示感がそっくりなんです。他にもなんといいますか、測量値の癖って表現するんですかね。出力値の若干《じゃっかん》の誤差の出方とかがそっくりなんですよ。見てみますか」

妹尾はスキャナを二つ持って、一階に下りた。

道の真ん中で、妹尾はスキャナ二つを使って、目に入る特定のポイントを、五、六点、測定した。

測定結果を比較する。

測量についての知識はないが、両スキャナの測定値を見比べて未来は驚いた。

「全部、小数点以下第五桁《けた》まで全く同じ値だ」

新堂が訊ねた。

「スキャナの測定値って、第五桁くらいまで完全に一致するもんですか」

妹尾は大袈裟《おおげさ》に手を振った。

「ないですよ。同じスキャナで同じ点を測定したなら、別ですけど」

未来は、確信を持って願い出た。

「妹尾さん、お願いがあるんです。スキャナ、お借りしてもいいですか？　絶対に壊しません。もし壊したら弁償します」

妹尾は少し考えたが、すぐに了承した。

「今週中なら構いませんよ。でも、来週には測量で使うので、それまでにはお返しいただければ」

未来は、にっこりと微笑んだ。

「じゃあ古いほう、ハナムラのスキャナをお借りします」

新堂と妹尾の声が重なった。

「え？」

新堂が首を傾げて訊ねる。

「未来さん、如月のスキャナでなくていいんですか」

未来は新堂に向かって命じた。

「至急、スキャナを持ってエーテル・ライブの事務所に向かうわ。確認事項があるから付き合って」

新堂が訊ねる。

「何を確認するんですか」

「天ノ川トリィの撮影システムを、ハナムラのスキャナに置き替えて動かすの。予想が正しければ、問題なく動くはず」

4

武蔵小杉のエーテル・ライブ事務所兼スタジオに到着した頃には、夕方になっていた。

未来と新堂は、スキャナを持って、第一スタジオに駆け込んだ。

新堂が急いでサーバを立ち上げる。

「すぐ用意します。未来さんはスキャナを」

未来は借りたスキャナのケースを開けた。

棚町がスタジオに姿を現した。顔には疲れが浮かんでいる。

「何の騒ぎですか」

未来はトリィの撮影システムのレーザー・スキャナ四台のうち、一台を三脚から外した。

棚町が首を傾げた。

「何をするんです？」

「これは家電量販店でも売っている、ハナムラの測量用レーザー・スキャナです。今からトリィの撮影機材と置き替えて動くか試します」

棚町は呆れた表情で呟いた。

「そこらで売っている市販品と交換して、動くはずがないでしょう」

未来は妹尾から借りたスキャナを、外したばかりの三脚にそっと載せた。

かちりと嵌《はま》る。

どうして嵌るのかな。偶然かな。いやまだ撮影をして確かめていない。

新堂が叫ぶ。

「立ち上がりました。いつでも撮影できます」

未来は呟いた。

「いつもこのスピードでやって欲しいわね」

「やってますよ」

スキャナの四台中三台はエーテル・ライブに元からある天ノ川トリィのスキャナのまま。一台は妹尾から借りたハナムラのスキャナに置き替えた。

未来はスキャナが囲む中央に立った。ダンスはできないので、とりあえず歩く。

「撮影できた？」

新堂が興奮した形相で、モニタを覗き込む。

「全く問題なくできました」

モニタを覗き込んでいた棚町が目を見開いた。

「どうして動くんだ」

未来は静かに答えた。

「トリィの撮影システム、ハナムラの測量用レーザー・スキャナと互換性があります」

未来は確信を持って断じた。

「間違いない。如月測量機器は、ハナムラの息がかかっています」

5

エーテル・ライブからの帰り道、磯西から今日の報告をしたいとの連絡があった。

未来は、新橋駅の近くのスターバックスで磯西と待ち合わせた。

磯西は険しい表情をしていた。

「無効といえる資料は見つかりませんでした。申し訳ありません」

磯西は、無効資料を見つけるときはすぐに見つける。長引いて良い結果になった試しはない。

無効での対処は困難。正攻法は、ほぼ尽きた。

「一応調査は続けて。あと三日調査して何も出てこないなら、あきらめる。ライスバレーがしていた無効審判の記録のほうは？」

磯西はタッチパネルを操作し、別のファイルを表示した。

磯西は、現代美術でも鑑賞するような表情をしていた。

「ちょっと変なんですよね。ライスバレー側の無効の主張。冒認《ぼうにん》出願なんです」

未来は驚いた。

「冒認出願って、ハナムラは発明者に無断で特許出願していた？」

磯西は頷いた。

「会社が特許出願する場合、必ず発明者から出願の許可を得る必要がありますよね。どうもハナムラは許可を得ていなかったみたいです。ライスバレーはそれを嗅ぎ付けたようですね」

「本当だとしたらハナムラの特許には大問題があったことになる」

磯西も大きく頷いた。

「特許は確実に無効です。ハナムラは発明を横取りしたわけですから」

未来は不思議に思って訊ねた。

「横取りの事実をライスバレーはどうやって知ったのかしら。特許庁は、特許出願が無断だったかどうかまでは判断しない。発明者とハナムラくらいしか真実はわからないはずなのに」

「真相までは不明です。しかしなぜかライスバレーは負けて、ハナムラの特許は維持されました」

疑問が多い。未来はつぶやいた。

「証拠があったから審判にしたんでしょう。なんでライスバレーは負けたの」

磯西は煮え切らない表情のまま頷いた。

「直前になって、証拠の提示を拒んだようです」

審判記録に目を走らせた。たしかに証拠についての記録がない。

未来は天井を見上げた。

「これじゃ本当に冒認出願だとしても、真実は闇に葬られるじゃない」

磯西の目が光った。

「それが狙いだったのかもしれません」

未来は、はっと気づいた。

「見て見ぬふりをして特許を残した」

磯西は頷いた。

「可能性はあります。特許が無効になったら、ハナムラもライスバレーも技術を独占できません。でも特許が残れば独占は続きます。ハナムラとライスバレーは、裏で取引をしたのかもしれません」

「どっちが持ちかけたのかしら」

磯西は少し考えた後、答えた。

「ハナムラでしょうね。ライスバレーは特許を潰すつもりでいたんですから」

一筋の光が差し込んだ気がした。

未来は呟いた。

「蒸し返してやるか」

磯西が微笑んだ。

「未来さんならおっしゃると思っていました」

未来は磯西に訊ねた。

「発明者はどんな奴？　本当にハナムラの無断出願だったか発明者に確認したい」

発明者名は、特許公報に記載されている。

磯西が、特許公報の書誌的事項を確認する。

「鍛冶屋文雄《かじやふみお》。鍛冶屋氏が発明者の出願はこの特許一件だけです」

「今、鍛冶屋氏が何をしているか、わかる？」

磯西は首を横に振った。

「特許文献でわかる範囲ではありませんでした。ハナムラ以外の特許を調べても、発明者としての記録は見つかりませんでした」

未来は呟いた。

「追うとなると身辺調査か。夏目が調べてくれているといいけど」

磯西はパソコンを片付けた。

「報告は以上です」

未来は引き続きの調査を命じ、帰宅した。

姚からメールを受信していた。

『疲労のため、亀井が倒れた。今入院している。皆川は持病の腰痛が悪化し、同じく入院している。皆川電工側の納品期限の都合上、交渉は続行。病院名を一応、送っておく』

姚も姚で苦労をしている様子だった。

6

次の日の朝、夏目からライスバレーとハナムラに関する調査の進展について連絡があった。

未来は急ぎ渋谷の宮益坂にある事務所に向かった。

夏目はミントの香りのする電子タバコを吸いながら、キーボードを叩いている。

「松上工務店が鍵でしたよ。ライスバレーとハナムラをくっつけていました」

未来は即座に訊ねた。

「詳しく聞かせて」

「未来さん、いつもながら引きが強いですね。うちの調査員の一人がいい情報を摑んできました。まずライスバレーが松上工務店と提携できた理由ですが、ハナムラからの特許ライセンスです」

夏目が、モニタを見ながら微笑む。

モニタには、松上工務店とハナムラの協業についてのニュース記事が大量に並んでいる。

「松上工務店は当初、ハナムラとの技術提携を検討していたんです。しかし松上工務店としては相手の規模が大き過ぎて、コントロールしにくいと感じていた様子です」

未来は頷いた。

「でしょうね。ハナムラの社長は癖が強そうだし」

「キーになる技術は、点群データ処理です。松上工務店としては特許権者から持ってくる以外に方法がない」

「そもそも松上工務店は、ソフトに弱いから自前で用意できないし」

「点群データを扱うとなると、ハナムラと提携する以外の選択肢はない。と思っていた矢先に、ライスバレーがハナムラの特許に無効審判を請求した」

夏目の情報収集力はたいしたものだった。自力で無効審判に辿り着いている。

未来は補足する。

「さっき得た情報なんだけど、ライスバレーは無効審判でわざと負けてる。その後ライスバレーはハナムラからライセンスを受けた」

夏目は「でしょうね」とつぶやいた。

「となると、未来さんが欲しい情報は、無断で出願した証拠をどうやって入手するかですよね。蒸し返すんでしょう、無断で出願したから無効だって」

未来は感嘆した。

「あんた本当によくわかっているわよね。高い料金を取るだけはある」

夏目は微笑みながら別の資料を表示した。

「まず発明者、鍛冶屋文雄の情報です」

どこから入手したのかわからないが、鍛冶屋の資料が表示された。

鍛冶屋は、元は大手通信キャリアに勤めていた。今の年齢は、三十四歳。大学院時代の専攻はビッグデータ。データサイエンティストの肩書も有している。

通信キャリアを退職後、ハナムラに中途採用されたらしい。

未来は、鍛冶屋の顔写真を眺めた。自信に満ちた笑顔が印象的だ。

データサイエンティストなら、引く手あまたの職業だ。

疑問だらけだった。未来は呟いた。

「ハナムラは、よくこんなエリートを採用できたわね。鍛冶屋としては転職先なんて選び放題でしょう。なんで測量ソフトメーカーを選んだのかしら」

夏目は肩を竦めた。

「金だと思います。噂ですが、ハナムラの中途採用者の年収はエンジニアの言い値らしいです。一年目は契約通りの報酬を支払う。しかし二年目以降は仕事にいちゃもんを付けて報酬額を大幅に下げる。だからハナムラの中途採用者はすぐに辞めていくんです」

未来は額を押さえた。

「採用の意味があるのか。経営者の中には採用が趣味と豪語する人もいるけど、一度雇ったらもう興味がなくなるのか」

夏目は真面目な表情で答える。

「でも逆に言えば、成果をきちんと出せば二年目以降でもいちゃもんは付けられないわけでしょう。だったら年収は鍛冶屋氏の言い値です。鍛冶屋氏は実力に自信があったんでしょうね」

未来は以前にライスバレー本社で見かけた華村の姿を思い返した。

「華村が約束を守るとは思えないわね」

夏目は別の資料を表示させた。

「で、お求めの無断出願の証拠の件です。普通の企業は、従業員に発明を会社に全部譲渡させる契約を結ばせますよね」

未来は頷いた。

「発明の譲渡契約よね。入社時に契約書を書かせる場合が多い」

「ハナムラの場合、そんなのはありません。これはハナムラの中途採用者が書く契約書類の雛型《ひながた》です」

モニタを凝視した。どこから入手したのかわからないが、ハナムラの社名の入った契約書の雛型が、全てＰＤＦになって纏まっている。

「鍛冶屋氏の中途採用時の契約書類が見たいの。雛型じゃなくてハナムラ無断出願の証拠として使えるような」

夏目は首を横に振った。

「まだ入手できていません。今、スタッフが鍛冶屋氏本人を捜しています。今は雛型で我慢してください」

未来はざっと眺めた。発明の譲渡に関する書類はない。

背中を汗が流れた。

「社員の成果物に関する取り扱いがめちゃくちゃ。例えば、社員にとって不利な契約がたくさんある、とかならまだ納得できるんだけど、むしろ何もない」

　夏目も頷く。

「まるで社員の成果は全部ハナムラのもので当然だって感じですね」

　だとしたら、ハナムラの特許はほとんど無断出願になる。

　いくら発明者に対して許可を取ったかどうかを特許庁が確認しないからといって、全て無断で出願していたとしたらハナムラはやりすぎだ。

　未来は額を押さえた。

「弁理士として許せない。発明者を、才能を何だと思っているの」

　夏目は頷きながら、別の資料を表示した。

「ハナムラは鍛冶屋氏だけでなく、通信系のエンジニアを大量に中途採用しています。目的は5Gの応用技術開発。しかし失敗。掛けた予算が全て損失になっている。経営的にも厳しいでしょうね。おまけに華村自身も投資というか出資が趣味で、金遣いは荒いとか」

　気になる情報だった。未来は訊ねた。

「どこらへんに手を出しているのか、わかる？」

「ＸＲ系のＩＴ企業とかですね。いじげんたじげんだったかな。いじげんたじげんは、最近、資金調達をしたばかりです。桁は少ないですが、一応エーテル・ライブに次ぐ二番手の調達額ですね。ニュースにもなっていますよ」

ビジネス系ニュースサイトに、VTuber事務所いじげんたじげんが、資金調達をした旨のニュース記事が載っている。

出資者は、大手ファンドが名を連ねる。最後のほうに、匿名の個人投資家、一名。

未来は思わず訊ねた。

「匿名の個人出資者って、まさか」

夏目は頷いた。

「華村ですよ。額が多すぎて、ひょっとしたら会社の金をつぎ込んでいるのかも、とか噂が」

未来の頭の中で今まで点として浮いていた情報が、一つのつながりを見せ始めた。

仮説がある。未来は夏目に依頼した。

「一つ、調べて欲しいの。ライスバレーがハナムラとしたライセンス契約の中身」

夏目は怪訝な表情をした。

「できないことはないですけど、どうして」

「ライスバレーとハナムラを仲違《なかたが》いさせたい」

夏目は驚いて訊ねた。

「なんでまた」

「短時間で解決する必要があるから。無断出願は使えるカードなんだけど、まっとうに審判をしている暇はない。全て水面下で迅速に終わらせなきゃいけないの。一番知りたいのは、ライスバレーがハナムラに課した義務」

夏目は首を傾げた。

「ライスバレー側の義務ではなくて？」

「それはどうでもいい。特許権者ハナムラ側の義務。ライスバレーはハナムラの不正を見逃すわけだから、ハナムラにも何か義務を課しているはず。それが知りたいの」

夏目は少し考えて答えた。

「わかりました。調べられる限り調べてみます」

未来は未来で、確認したい事実が見つかった。

棚町に訊いてみよう。

7

渋谷から東横線で、そのままエーテル・ライブの事務所に向かった。

二回目の警告書が届いて以来、棚町はずっと執務室に籠もっている。

未来は夏目からの情報を伝えた後、棚町にいじげんたじげんの経営状況を質問した。

「いじげんたじげんの出資状況ですか。難しいですね。我々エーテル・ライブも同じですが、上場企業ではないので、売上額など公開義務はありません」

予想はしていたが残念だった。

未来は頷く。

「でしょうね。すぐに分かる話だったら、私もとっくに把握できていたでしょうし」

棚町も驚いていた。

「いじげんたじげんに、ハナムラの社長が出資していたなんて初耳ですね。新しもの好きだとしても、かなりアグレッシブというか」

ふと、未来の目に棚町のノートパソコンが入った。

画面には櫛名田カランが映っている。

未来の視線に気付いた棚町が、説明する。

「櫛名田カラン、演者の表現力がぐんぐんと上がっています。ブラックホール・フェスでは、トリィがいなければ優勝していたでしょうね」

棚町が一時停止していた動画を最初から再生する。

ピエロ柄のレインコートを着た櫛名田カランが、ユニットバスのバスタブの中でシャワーを浴びている。

棚町が説明してくれた。

「新曲ですよ」

映像は動かない。歌で勝負、との意思表示か。

昨晩のライブとは対照的に、カランは導入部を淡々と歌い上げた。

カランの「人数」——本物と、合成音声を足した数——は、予測だが、二人。

次第にカランの人数が増えていく。割合としては一対九九で合成音声がほとんどだ。

生身の声はほとんど聴こえない。

ノイズのように時折、一〇〇対ゼロでカランの生身の歌声が聞こえた。

未来は、カランの歌に釘付けになっていた。

しばらく放心した。アップロードは一日前。再生数は十万回を超えている。天ノ川トリィは試聴したのだろうか。

ふと、未来の脳裏に疑問が浮かんだ。

「ブラックホール・フェスで優勝すると、どれくらいVTuberとしての評価は上がるのですか」

意外な質問だったのか、棚町はきょとんとして答えた。

「お笑い芸人にとってのM‐1グランプリだと考えて下さい。事実、天ノ川トリィはブラックホール・フェスで優勝して以来、全ての動画の再生数が二桁増えたんです」

「エーテル・ライブの資金調達額も？」

棚町は一瞬、言葉に詰まった後、自白するように答えた。

「変わりましたよ。我々エーテル・ライブは、フェスの直後に資金調達を行ったんです。調達額が、我々の見込みの五・四倍でした」

想定外の数字に、未来は素直に驚いた。

「そんなに変わるんですか」

棚町は冷静に答えた。

「実際には、ブラックホール・フェスで優勝したから調達額が増加したのか、調達額が増加したからブラックホール・フェスの意味がM‐1並みになったのか。どっちかはわかりませんけどね」

未来は、棚町のノートパソコンを見ながら答えた。

「いじげんたじげんから、まだ優勝者は出ていないのですよね。もし棚町社長がいじげんたじげんの出資者だとしたら、いじげんたじげんからフェスの優勝者を出したいと思いますか」

棚町は、即答した。

「出したいというか、出させますね」

8

広尾の自宅で、未来は棚町に提案する対応方針案をまとめていた。

午後九時を回ったところで、姚から着信があった。

『こっちは一段落した。明日には契約がまとまる』

未来は、得た情報を姚に説明した。

姚は驚いていた。

『如月測量機器がハナムラの関連会社とはな。おまけに華村がいじげんたじげんに投資していたとは』

「私も驚いた。でも間違いない。でなければ天ノ川トリィの撮影システムが問題なく動くはずがない」

『如月測量機器の撮影システムは、実はハナムラの製品だった。天ノ川トリィはそんなことは知らず、フリマでシステムを購入した』

「おかしいと思っていたのよ。なぜエーテル・ライブが警告されたのか。トリィがどんな撮影システムを使っているかなんて、はたから見てわかるはずがない」

『如月測量機器には天ノ川トリィを名乗るユーザに販売した履歴が残っている。フリマのユーザ名なんて証拠にはならないが、華村だったら気になるだろう』

「実際にトリィの動画を観れば侵害を確信するわよね。自社製品なんだし。そりゃエーテル・ライブに警告するわよ。華村は、いじげんたじげんに投資しているんだもの。いじげんたじげんにとって、エーテル・ライブはライバル。邪魔ができるなら邪魔する」

『ハナムラではなくライスバレーが警告した理由はなんだ』

「ライセンス契約の一環だと思う。推測だけど、侵害品の取り締まりはライスバレーの義務なのよ。華村が米谷に伝えたんでしょうね。侵害品が見つかったぞ、って」

姚も納得している様子だった。

『ライセンス契約といえば、ハナムラの無断出願も事実だろう。状況から見て、ライスバレーとハナムラの間に裏取引があったことは間違いない。無断出願を見逃す見返りに、ライスバレーはハナムラからライセンスを受けたんだ』

未来は頷きつつも、懸念を伝えた。

「無断出願だから特許は無効だとは言えると思う。でも、正式な手続きを経て無効にするわけにはいかない。特許庁で審判をしたら結果が出るまで何か月もかかるし、そもそも証拠もまだ入手していない」

姚も理解している様子だった。

『たしかに、いつ侵害訴訟が始まってもおかしくないのに、何か月もかかる審判なんてやっていられない。策はあるのか』

「水面下で迅速に解決するには、交渉のスピードを上げる必要がある。ライスバレーの背後には特許権者のハナムラがいるでしょう。二対一だと交渉が進まない。だからハナムラを退場させたい」

姚が驚いている。

『できるのか』

「鍵はライスバレーとハナムラの間の契約内容なの。それも違反時のペナルティ」

姚は少し考えた後、答えた。

『通常、契約の中には問題が起こった場合のペナルティを入れておく。例えば、高級な楽器を貸す契約だったら、借りた側が楽器を壊した場合に弁償する規定を入れる』

「それよ。でも今回は楽器を貸すほうのペナルティが知りたいの。例えば、高級楽器といっておきながら実は安物だった場合、楽器を貸した側にもペナルティがあるでしょ」

『契約にもよるが、私が借りる側だったら絶対にペナルティを入れておく』

「そのペナルティがあるかどうかよ。今回は楽器じゃなくて特許だけど。ライセンスを与えたほう、つまりハナムラ側のペナルティが鍵なの」

『ライスバレーとハナムラは共犯だ。盗人《ぬすっと》の掟《おきて》じゃないが、お互いがお互いを裏切らないように厳しいペナルティを科している可能性は高い』

「もしあるなら利用する。ハナムラとライスバレーを仲違いさせて、敵の数を減らすの。一対一に持ち込めれば、なんとか交渉できる自信はある」

『賭《か》けだな』

「やる価値はあるでしょう」

スマホ越しに姚の笑う声が微かに聴こえた。

『未来の仮説が正しいとするなら、華村にとって撮影システムの使用中止は本気だ。損害賠償なんて元より目じゃない。いじげんたじげんが成功したほうが遥《はる》かに儲かる。私が華村の立場だったら、使用中止は死んでも譲らない』

「でしょうね」

『あとはまかせた。私が東京に戻る頃には、決着していると信じている』

長い通話を終えた。

スマホをテーブルに置いた直後、ふたたびスマホが震えた。

夏目からだった。

『お望みの情報が手に入りました。ライスバレーが、ハナムラからライセンスを受けた際の契約内容です』

さすが夏目だった。仕事が早い。

「具体的な内容は」

『ライスバレーは、ハナムラからライセンスを受けた特許について侵害品の取締り義務を負います。取締り義務を怠った場合、ライスバレーはライセンスを失います』

「ハナムラ側のペナルティは」

『もしハナムラがライスバレーのライセンスを害する行為など信義則に反する行為をした場合、特許をライスバレーに無償譲渡する契約になっています』

共犯どうしで信義則を語るとは滑稽《こっけい》だ。しかし無償譲渡とはかなりのペナルティだ。ハナムラの特許が完全にライスバレーのものになる。

未来は念を押して確認した。

「確かね？　信用するわよ？」

夏目は自信満々だった。

『契約書を見ましたから、間違いないです。どうやったかは、教えられませんけど』

高い調査費用に見合った情報だった。調査費用を棚町に請求する際の罪悪感が薄れる。

未来は礼を述べた。

「ありがとう。本当に助かった」

ネット上では、櫛名田カランの新曲の再生数が、三十万回を超えていた。

その一方で、天ノ川トリィの引退説が徐々に話題性を高めている。

時間がなかった。

9

翌日、未来は提案書を持って、エーテル・ライブに向かった。

棚町は疲弊しきっていた。目の下に隈《くま》ができている。

未来は棚町に、現在の状況を説明した。

棚町は力なく頷いた。

「複雑ですが、相手側の状況とエーテル・ライブが置かれている状況については理解しました」

未来は、棚町のデスクの上に、封筒を置いた。

「さて、以上を踏まえて提案です。ご覧ください」

棚町は封筒を手に取り、中を開けた。

中身は、ぺら一枚の書面が入っているのみ。

未来は滔々と説明した。

「本来でしたら、特許を無効にする審判を起こすなり、侵害訴訟で無罪を主張するなり、正式な法的対応策がいくつもあります。しかし迅速かつ完全な解決を目指すとした場合、クライアント様にもリスクを負っていただく必要があります」

棚町は提案書を手に取り、読み始めた。

棚町の目に生気が戻った。

「トリィが、フェスに出場できる？」

未来は頷いた。

「本案の場合、天ノ川トリィによるブラックホール・フェスの出場は必須です。詳細は口頭で説明します」

未来は提案内容を説明した。

棚町は最後まで黙って聞いていた。

やがて、思い出したように、笑った。

「酷い賭け、ですね」

未来も微笑んだ。我ながらとんでもない案だった。

「全てを天ノ川トリィに賭けるわけですからね」

棚町の目を見れば、提案に賛成かどうかは一目瞭然だった。

棚町は静かに答えた。

「いいでしょう。やってください」

未来は立ち上がった。

「フェスまであと二週間を切っています。さっそく、準備にかかりましょう」

第五章 いちかばちか

1

提案の了承を取った二日後。

エーテル・ライブの棚町の執務室に未来と棚町、天ノ川トリィの三人が集まっていた。

正確には、徹夜続きで床にぶっ倒れている新堂もいるので、四人だが。

室内には大型の段ボール箱が積み上げられていた。全部で二十五箱。本当はもっと用意したかったが、現実的な数としては限界だった。

トリィは定位置なのか、棚町のデスクに腰を掛けている。

未来はトリィに対して念を押した。

「最後に確認します。いいですね」

トリィは、黒髪を後頭部で二つに分けていた。ヌーディカラーのミニタイトワンピース姿で、サンダルはブラウンだ。

トリィは未来を睨む。

「何度も繰り返しの確認なんてしないで。クライアントに責任を押し付けようって魂《こん》胆《たん》が見え見えよ」

未来はトリィの鼻先まで顔を近付けた。

「魂胆が見え見え、ではなく、堂々と押し付けています。私たち代理人は提案するだけです。選択はクライアントの仕事です」

トリィは未来の目を見据《みす》えた。

「失敗したら、あんたの報酬はゼロよ」

「ゼロどころか、必要経費も含めてミスルトウは大赤字です」

トリィの眉間に、奇麗に皺が寄った。

「こんな馬鹿な提案、いつもしているの」

「迅速な解決を目指す場合、どうしてもクライアント様にもリスクを負ってもらうことになりますね」

トリィが棚町に向き直る。

「社長もいいのね」

棚町が驚いて目を見開いた。

「私の意見を訊くなんて、あなたにしては珍しいですね。ひょっとして自信がないのですか」

トリィが棚町のデスクを右拳で殴った。

「どいつもこいつも。私を誰だと思っているの。天ノ川トリィよ。いいわ。やりなさい」

未来は棚町にアイコンタクトをした。

棚町が合図する。

「持って行って下さい」

廊下で待機していた、運送会社の制服を着た配送員が一斉に執務室内に雪崩《なだ》れ込んだ。

配送員たちは段ボールを次々と外に運んでいく。

手際よく運ばれていく段ボール箱を眺めながら、未来は呟いた。

「ブラックホール・フェスまで、あと一週間とちょっと。CGキャラクタの作り直しとトラッキングの調整、CGキャラクタの動きの再プログラミング。フェスに出場するVTuberたちは、皆死にますね」

棚町が微笑んで頷く。

「喜んで死ぬでしょうね」

未来は断じた。

「予想が正しければ、フェスの直前にライスバレーと交渉するチャンスが発生します。交渉に持ち込み、この茶番を一気に終わりにします」

横目でトリィを見ると、彼女も薄く笑っていた。

2

三日後、ネット上で面白い情報が流れた。

『天ノ川トリィの撮影機材、無料で配布』

棚町も未来も把握していた。

エーテル・ライブの執務室で、未来と棚町は関係するニュースを片《かた》っ端《ぱし》から集めた。ブラウザのタブが数え切れなくなったところで、未来は棚町に呼びかけた。

「予想通り話題になっていますね」

棚町は、真剣な表情でＶＴｕｂｅｒの動画を見ている。

「もうすでに、トリィと同じツールを使ったＶＴｕｂｅｒの動画がＹｏｕＴｕｂｅに多数アップされています」

未来は棚町のパソコンを、肩越しに見た。

「まだ三日です。想像以上に早かったですね」

棚町が椅子にもたれる。

「ＶＴｕｂｅｒたちは皆、狂喜乱舞しているとか。やはりトリィの撮影システムは注目されていたんですね」

未来も自分のノートパソコンを見せて説明する。

「新しい撮影システムに合わせるために、CGキャラクタを丸ごと作り変えるVTuberがほとんどです。いきなりグラフィックスが変わったら、ファンは反発するのでは」

棚町は天を仰ぎながら答えた。

「ほとんどありませんね。VTuberは人気が高まってくると、高度な動きができるようにCGキャラクタをアップデートします。グラフィックスも美麗になります。めったにありませんから、ファンにとっては嬉しいでしょうね」

「ブラックホール・フェスに出場するメンバーは、全員使いそうですか」

棚町はノートパソコンの画面を見ながら確認した。

「ツールを真っ先に届けた二十五人のうち、十八人の使用が確認できています。YouTubeに動画をアップしていますね。残りも、ツイッターなどでは届いた旨を示《し》唆《さ》しています。しかし信じられないな。大鳳先生の予測した通りです。大多数が使うなんて」

未来は棚町のノートパソコンの画面を見ながら、答えた。

「皆、使うに決まっています。後はハナムラとライスバレーの様子が知りたいですね。上手くいけば、ハナムラとライスバレーの間に動きがあるはずです」

棚町が不安気な表情を見せた。

「ツールを配ったＶＴｕｂｅｒたちは、きちんと『ツールを使うための約束』を守るでしょうか」

未来は微笑んだ。

「守っているから、まだ『約束』についてはネット上に流れていないんです。守られないなら、とっくにネットで『約束』の中身は拡散しているでしょう」

未来の言葉に、棚町も観念した表情を見せた。

「賽《さい》は投げられました。あとは大鳳先生に全てお任せします」

未来は頷いた。

「棚町社長は、天ノ川トリィにブラックホール・フェスの準備をさせてください。出場予告の動画は、今日の公開ですか」

「今夜十時の予定です」

足音が二つ、執務室の入口のほうから聞こえた。

どちらも聞き覚えのある足音だった。

ノックもなくドアが開かれる。

祐天寺マコだった。ノースリーブのタートルネックのサマーセーター姿だ。後ろには、マネージャの頼本がいる。

未来は呆れた。

「関係者以外、立ち入り禁止のはずですが」

祐天寺マコは気にせず未来に向かって怒鳴った。

「天ノ川トリィの代理人ね。どうりでエーテル・ライブの事務所やライブ会場で見かけるわけだわ。トリィはどこ？」

未来は、姪《めい》っ子を叱《しか》る気分で答えた。

「私はエーテル・ライブの特許に関する事件の一部についての代理人です。天ノ川トリィの代理人ではありません」

棚町が補足した。

「トリィはいませんよ」

マコは悔しそうな表情を一瞬だけ見せた後、未来を睨んだ。

「天ノ川トリィにとって、撮影システムは重要なテクノロジーでしょ。ライバルVTuberにばら撒くなんてトリィを殺したいの？　おまけに特許問題を抱えているとか。うちの事務所の顧問弁護士からは、『絶対に使うな』って止められたわ」

未来は感心した。

「いじげんたじげんは、まっとうな弁護士を雇っているんですね」

マコは唇を結んだ後、断じた。

「でも私は使うわ。天ノ川トリィと私であれば、私が勝って当然。でも実際には負けている。理由は簡単よ。ツールが悪いの。私の表現力を、ツールがCGに正確に反映させられていないだけ。同じ条件なら私はトリィに圧勝できる。伝えておいて」

未来は思わず笑った。

「わざわざ伝えに来てくれたのですね。ありがとう。トリィに伝えておきます」

一方的に宣言して、マコは踵《きびす》を返した。

未来はマコの背に向けて答えた。

「あなた以外のＶＴｕｂｅｒも、全く同じ考えで使っています。使う場合は『約束』は守ってくださいね」

マコは機嫌が悪そうな声で答える。

「侵害警告書が届いたら、教えればいいんでしょ。守るわよ。むしろ、あんたはいいの？　万が一の場合、損害賠償は、あんたが全て負うなんて」

未来は頷いた。

「ツールの提供は私が提案しました。何かあれば責任は負います。あり得ませんけどね」

マコは、くるんと振り向いた。力強く笑った。

「天ノ川トリィの時代も今日で終わりね。今から私の時代が来るわ」

3

二時間後、新堂がエーテル・ライブの執務室にやってきた。

新堂はえらく興奮していた。

「九段下《くだんした》すばるに、新田《にった》アナスタシアに愛媛夏蜜柑《えひめなつみかん》までCGのアップデートですよ。信じられない。見てください、VTuberたちの表現力が別次元にまで上がっています。シンギュラリティだ」

未来は、新堂を睨み付けた。

「鬱陶《うっとう》しいから叫ぶな。ていうか、凄い名前ばっかり。VTuberのネーミングセンスには全くついていけない」

新堂はリュックから意気揚々とノートパソコンを取り出した。

「動きだって、皆すごいんです」

新堂は画面を開いた。未来は画面を覗き込む。

新堂が呻き声とも歓喜の叫びとも判断つかない声を上げた。

「見てください。ついさっき動画がアップされた、新CGの櫛名田カランです。完璧にゼロからのCG描き起こしです。まるで天使として生まれ変わった姿だ。いや、最初から天使だったけど本当に天使になった」

マコのツール使用宣言から二時間後だ。宣言した時点では、全部準備が整っていた可能性が高い。

未来は、櫛名田カランの新しいグラフィックスを眺めた。

淡く、掠《かす》れて消えそうな色調だった。

目が離せなかった。目を離したら、いなくなる気がした。

ふと、画面の中のカランと視線が交差した。

まるで遠い銀河の彼方から、もうすぐ滅亡する母星と民を棄て、コールドスリープで眠ったまま一人で地球にやってきたような目をしている。

問題はカランの中に祐天寺マコの存在を感じ得た事実だ。

信じられない。確実に二時間前に啖呵《たんか》を切ったマコだ。マコの表情だ。ある程度、ソフト的なサポートをしていると思うが、カランは確実にマコの表情をトレースしている。

未来は思わず呟いた。

「こんな可愛かったっけ。ライブハウスで見た時と全然違う」

新堂は不気味に笑った。

「天ノ川トリィの撮影システムなら、祐天寺マコの魅力を最大限に表現するでしょう。

しかしダンスに関しては課題が残ります。今まではカランのダンスは別のダンサーの動きを取り入れていました。今後は、祐天寺マコが自分で踊る必要があります。しかし」

新堂は拳を天井に振り上げた。

「俺たちの祐天寺マコなら、やってくれるはずだ」

未来は新堂の足を踏みつけた。新堂が悲鳴を上げた。

「興奮しているところ悪いんだけど、あんたの目で見た率直な印象を教えて。ブラックホール・フェスを優勝できそうなＶＴｕｂｅｒは誰」

新堂は、冷静に答えた。

「わからなくなりましたね。以前だったら、天ノ川トリィが別格でした。しかし技術的な差がなくなった今であれば、下剋上《げこくじょう》は誰でもあり得ると思います」

よい傾向だ。未来は訊ねた。

「ほかのＶＴｕｂｅｒたちが、トリィと並んだと。ところでフェスの勝負ってどうやるの」

「視聴者の投票です。視聴者としては面白ければなんでもあり。感動できればなんでもあり。相対的に、トリィには変化が少ないわけですから、環境の変化から見たら不利ですね」

「組織票とか、不正はどうやって対策するの」

「米国大統領選で使われたオンライン投票システムを改良して使ってるって話ですけど」

いいのか悪いのかわからないが、最低限のセキュリティは確保していると信じよう。

未来は、改めて確認した。

「で、天ノ川トリィ以外だったら、ぶっちゃけ誰が優勝候補なの。前は櫛名田カランだったけど」

新堂は、しばらく逡巡した後、答えた。

「櫛名田カランもいいと思います。でもトリィ以外なら、新しいツールを使っているユーザは皆、優勝候補ですよ」

未来は静かに笑った。予定通りだ。よかった。

「ありがとう」

棚町が呟いた。

「来た。警告書を受け取ったとの情報です」

未来は棚町のもとに駆け寄った。

ＶＴｕｂｅｒ愛媛夏蜜柑の事務所、フラット・アースからだ。

未来は情報提供書に目を走らせた。

「予想より早いです。華村は、かなり慌てていますね」

4

二日後。棚町からの報告を受けた。

「警告書の送付を受けたVTuberは、現時点で二十人です」

未来は情報提供リストを確認した。

櫛名田カランの名前はない。つまりカランの事務所いじげんたじげんは、警告を受けていない。

「読みは正しかったわね。華村の狙いは櫛名田カランのフェス優勝で間違いない」

棚町も頷く。

「案の定VTuberたちからは、文句と不安の声が上がっています。エーテル・ライブにも、苦情に近い連絡が多数あります」

未来は淡々と答えた。

「用意しておいた説明文書を、VTuberたちに送って下さい。説明があれば、直接エーテル・ライブに乗り込んできたりはしないでしょう」

「わかりました」

いよいよ大詰めだ。

　未来は呟いた。

「さてライスバレーの米谷社長は、今頃どんな顔をしているでしょうか。華村からの無茶ぶりを受けて、顔面蒼白になりながら警告書を書いているでしょうね」

　棚町が訊ねる。

「この後は、どうするんですか」

「撮影システムを送付した二十五人のうち、カランを除いた全員がツールを使ったと認められたら、次のステップに進みます。場合によっては、情報提供のないＶＴｕｂｅｒにはこちらから個別に連絡をして確認します」

　棚町は納得した表情で、訊ねた。

「ライスバレーは交渉に応じるでしょうか」

　未来は、確信をもって断言した。

「絶対に大丈夫です」

　その日のうちに残りのＶＴｕｂｅｒ四人から「ライスバレーより警告を受けた」との連絡があった。

　未来は文書でもなく、電話でライスバレーに連絡した。

　取り次ぐ気はない、とライスバレーの電話応対者から返事があった。

未来は気にせず答える。

「米谷社長に、明日中に連絡をくださるよう、お伝えください。『侵害品が多すぎて大変でしょう。よろしければ助けてあげます』とお話しいただければ、通じます。一言一句、言葉通りに、お伝えください」

スピーカーの向こうから何か文句が聞こえたが、未来は一方的に通話を終えた。

5

ライスバレーとの交渉は、ライスバレーの本社で行われた。

一度、殴り込みに近い形で乗り込んだ応接室ではなく、広い会議室に通された。

しばらく待っていると、応接室で見た五十代の役員と三十代後半の役員らしき男たちが先に入ってきた。

二人とも会釈もなく、ただ、揃《そろ》って未来を睨んでいる。二人は広い会議テーブルの向かい側、離れた側に座った。

五分後、米谷が現れた。

米谷は疲弊して目が血走っている。

未来はにっこりと微笑んだ。

米谷は念力でも送るような険しい表情のまま、正面に座った。

四人は黙って待った。メインゲストがまだだった。

やがて、華村が現れた。納得のいかない表情をしている。

米谷が立ち上がり、義務的な礼をした。

華村は無言で、米谷と席一つ分の距離を空けて座った。

さあ始めよう。未来は軽くあいさつした。

「交渉に応じていただき、感謝いたします」

華村が不機嫌な表情で、誰にともなく訊ねた。

「侵害品の監視と取り締まりなら、ライセンスを有するお前の義務だろう。私が出る必要はない」

米谷は震える声で答えた。

「特許権者である華村さんにも、ぜひ出席いただきたかったんです。なにせ侵害被疑者から直接、今回の事件について説明したいと申し出があったので」

「見苦しい言い訳など聞きたくない。誠意ならきちんと侵害品の廃棄で示すべきだ」

華村は未来を睨んだ。

「にもかかわらず、侵害品と同じ撮影システムがＶＴｕｂｅｒの間で広まっていると聞いた。ひょっとして、お前たちエーテル・ライブが侵害品の違法製造や販売をしているんじゃないのか」

未来はにっこり微笑んだ。

「合っていますわ」

華村は一瞬、きょとんとした。すぐに唇をわなわなと震わせた。

「なんだと」

米谷の口元が一瞬だけ、ぴくりと動いた。

ライスバレーの役員二人は、お互いに目配せをした。

未来は滔々と続けた。

「正確には、ハードウェア部分については、市販のハナムラのスキャナを組み合わせて作りました。ソフトウェアについては、天ノ川トリィが使っているソフトをコピーし、トリィが購入したサーバと同スペックのサーバにインストールしました」

華村が唖然《あぜん》としている。

「侵害したどころか、自分で侵害品を増やして売っただと」

未来は両手を広げた。

「落ち着いてください華村さん。血圧が上昇しますわよ」

米谷が口を挟んだ。もう声は震えていない。

「華村さん、落ち着いて下さい」

　華村が米谷に怒鳴る。

「お前はどうして涼しい顔をしていられるんだ。侵害品の取り締まりをする条件でライセンスを与えてやったんだろうが」

　米谷は、華村の目を見据えて答えた。

「存じております。我々がライセンスを受ける条件は、侵害品を取り締まること。万が一義務に反した場合、我々はライセンスを失います」

「今の状況のどこが取り締まりだというんだ」

　未来は口を挟んだ。

「ところで華村さんにもペナルティの条項はありましたよね。もし特許権者が信義則に反する行為をした場合、本件特許権は、専用実施権者たるライスバレーに譲渡すると」

　華村は、未来に向き直った。怒りよりも驚きの割合のほうが高い表情だ。

「誰に訊いた」

　未来は気にせず、続けた。

「とぼけなくても契約書を確認すればすむ話です。華村さんは、天ノ川トリィがどこで撮影システムを入手したかご存じですか」

「知るわけがない。特許は内容が公開される。私の特許発明の素晴らしさを理解した者が特許公報を見て侵害品を製造し、VTuberどもに密《ひそ》かに売りつけたんだろう」

未来は華村の表情を観察しながら、訊ねた。

「にしても、よく天ノ川トリィの撮影システムが侵害品だとわかりましたね。VTuberのパフォーマンスを動画で見ただけで、どうやってシステムの中身までわかったんですか」

華村の表情に一瞬、黒い影のようなものが過《よぎ》った瞬間を、未来は見逃さなかった。

しかし華村はすぐに落ち着きを取り戻し、答えた。

「見る人間が見ればわかる。当たり前だ。出願人は私の会社だ」

「米谷さんに差し止めを命じるほどに確信があった、と」

華村は、呆れたと言わんばかりに笑った。

「米谷にライセンスを与えてやった条件として、米谷は侵害を監視する義務を負っている。本来なら私が取り締まってもいいが、米谷がどうしても自分で取り締まると主張するのでね」

未来は頷いた。

「事情は知っております。ライスバレーは、松上工務店と提携し、サッカースタジアムなどの大型施設の建設に事業を広げています。松上工務店と契約できた理由の一つが、ハナムラからのライセンスの有無だとか」

華村は鼻で笑った。

「つまり私が、ライスバレーと松上工務店を結び付けてやったわけだ。感謝してほしいもんだ」

未来は話題を変えた。

「華村さん、あなたは、新たに侵害品を使い始めたＶＴｕｂｅｒ二十四人に対し警告せよと、米谷社長に指示しましたね。いくら警告義務があるからといって、二十四件も追加でやらせたら、ライスバレーは大変でしょう。まともに事業をする暇がなくなります」

華村は怪訝な表情をした。

「さっきから、話がずいぶんと本題から外れている気がするが。米谷、侵害者どもにいらん話ばかりさせてなんのつもりだ」

米谷は、意を決した表情で華村に答えた。

「今回のエーテル・ライブに対する警告の指示。他のＶＴｕｂｅｒたち二十四人に対する追加の警告書送付指示。契約があるとしても、こちらとしては納得できない点が多いんですよ」

未来はすぐに続けた。

「侵害者が増えたから追加で取り締まらせたい。理屈はわかります。しかし妙ですね。

櫛名田カラン、正確にはVTuber事務所いじげんたじげんについてだけは、なぜか警告対象に含まれていない」

華村が目を見張った。

「なぜエーテル・ライブの代理人が、警告書を送った相手を把握しているんだ」

未来は、しれっと答えた。

「教えてくれたからです。VTuberたちが」

「何」

未来はバッグから封筒を取り出した。

「撮影システムを提供した際、警告書が届いたら必ず連絡をくれ、こっちで対応してあげるから、と伝えましたから。通常なら誰だって厄介事は引き受けたくない。必ず連絡はあると確信していました」

未来は封筒からリストを取り出し、華村の前に滑らせた。

「でも、櫛名田カランの所属するいじげんたじげんからは、何の連絡もありませんでした。警告書を受け取っていないみたいです。おかしいですよね。トリィと同じツールを明らかに使っているんですよ。新しいCGキャラクタ、見たでしょう?」

華村がドスの利いた低い声で訊ねる。

「何が言いたい」

「櫛名田カランをブラックホール・フェスで優勝させ、自分が出資した、いじげんたじげんの価値を上げる。あなたの真の目的です。違いますか」

　華村は低く笑った。

「だとしたら、なんだ？　私がどんな悪いことをした？　特許権は私の資産だ。資産に群がる害虫は排除する。排除だけじゃない。誰を排除し誰を排除しないかの選択まで私の自由だ。何が悪い」

「自作自演でなければね」

「なんだと」

「あなたがライスバレーに与えたライセンスは専用実施権。とても強力なライセンスです。設定した以上、特許権者でも特許製品の製造や販売は許されない」

　米谷が、汗を拭きながら答えた。

「華村さん、ライセンス契約の際に何度も確認しましたよね。このライセンスは強力で、一度設定したらたとえ特許権者でも特許製品の製造や販売が侵害になるんですよって」

　正確にはライスバレーの専用実施権の侵害なのだが、ニュアンスとしては米谷の表現で正しい。

　未来は答えた。

「譲渡と同じ意味のライセンスなんですから、専用実施権を設定したら、もはやハナムラの特許権は空っぽなんです」

　華村の表情が険しくなる。

「言われなくともわかっている」

「如月測量機器の名前に聞き覚えは」

　華村は、わざとらしく惚《とぼ》けた。

「知らんな」

　未来は別の封筒を取り出した。

「あなたが捏造した架空の会社ですよね。ライスバレーにライセンスを与えた際、あなたは当然、撮影システムの製造や販売が制限されると知っていた。しかし問題があった。レーザー・スキャナとサーバはもう製造されていたんです」

　未来は分厚いレポートを取り出し、華村の目の前に放り投げた。

　べしん、とよい音がした。

「米谷社長のご助力で、御社の在庫状況を把握できました。不幸にも、米谷社長が特許無効審判を請求した時には、もうシステムの量産が進んでいたみたいですね」

　華村が、害虫の死骸《しがい》でも見るような表情で、レポートを眺めた。

　未来は続けた。

「米谷さんから無断出願の指摘を受けた華村さんはまずいと感じた。華村さんは米谷さんと早々に話を付け、審判の場で無断出願の証拠を提示させないようにした。ライセンスは特許無効を避けるための交渉材料だったわけです」

米谷が、親の仇でも見るような表情で華村を眺めている。

未来は続けた。

「しかしライセンスを急に与えたせいで、ハナムラとしては販売不可能な在庫が残った。ライセンスを与えた瞬間から『特許製品』は『侵害品』になるわけですから。しかし華村さんはシンプルな解決策を考えた。隠れて販売してしまえ」

封筒から別のリストを取り出し、滑らせた。

「販売する会社の一つが如月測量機器。他にも複数の架空の会社があるでしょう。フリマの匿名販売など足の付き難い形で在庫を処分した。なお売上をハナムラとしてどう計上するのか、税金はどうなるのかなどについては、私の管轄ではないので今は触れません」

未来はひたすらに続けた。

「一方で、いじげんたじげんに個人的に出資していた華村さんは、なんとかしていじげんたじげんの評価額を上げたかった。理由は、いじげんたじげんに所属する櫛名田カランの人気が上昇し、人気ＶＴｕｂｅｒの一角となり始めたからです」

　華村はぐっと歯を食いしばっている様子だった。

「上手くいけば、いじげんたじげんもエーテル・ライブと同じ程度の規模にまで伸びる可能性が出てきた。如月測量機器の購買者リスト——どこに隠しているか知りませんが——に、天ノ川トリィの名前を見つけた時期は、同じ頃でしょうか」

　未来は一呼吸を入れて告げた。

「天ノ川トリィを潰せるチャンスだった。あとは、米谷さんに連絡するだけです」

　未来は封筒から最後の資料を取り出した。

「クレームチャートです。特許権者であるハナムラが販売していたレーザー・スキャナとサーバのセットが、ライスバレーの専用実施権を侵害すると証明する書類です。ご確認ください」

　華村は激昂《げきこう》した。

「さっきから聞いていれば、でたらめばかりほざきおって。米谷、どうにかしろ」

　米谷は、呆れて頭を振った。

「ライセンスがある以上、特許権者であっても侵害は侵害です。こちらには損害賠償を請求する準備があります。もちろん私は当事者ですので、如月測量機器とハナムラが適切な資本関係にあるかどうかまで、はっきりさせますよ」

　未来も頷いた。

「まさか、脱税とかしていませんよね。していれば侵害どころじゃありませんから」

華村は顔を真っ赤にして黙った。

すかさず未来は答えた。

「しかし、米谷さんが仰るところによると、場合によっては侵害の件を不問にしてもよいとか」

華村が飛びついた。

「何」

「私は飽くまでエーテル・ライブの代理人です。御社とライスバレーの間の話には立ち入る気はありません。米谷社長、ここから先は外したほうがいいでしょうか」

米谷は真面目な、しかし余裕のある表情で答えた。

「いてください。エーテル・ライブも無関係なわけではありませんから」

華村が米谷に向き直る。

「要求は何だ。金か」

「金は要りません。替わりに、ペナルティの内容通り特許権を譲渡していただきたい」

「ライセンスがあるだろうが」

「もともと松上工務店からは、『御社のテクノロジーは認めている。しかし万が一技術に紐《ひも》づいた面倒な権利関係があるなら、奇麗にしておいてほしい』と主張されていました。無効審判を起こした理由ですよ」

華村は明後日《あさって》の方向を向いた。

「松上工務店は、今の状況でもお前たちと契約したんだろう」

「特許権の譲渡と同じ意味のライセンスがありますと、半ば無理やり納得させたんです。しかし、本格的に提携業務が増えるに従い、やはりきちんとした特許権を持っておきたいんです」

「何がテクノロジーだ。元はと言えばライスバレーの点群データ技術は我がハナムラの単なる後追いで、こちらの特許を侵害しようとしていたから問題だったんだろう」

「譲渡いただけるなら、譲渡に見合った金額をお支払いします。また今回の華村社長およびハナムラの侵害については、権利行使を一切致しません。目的は特許権だけですから」

未来は横から口を出した。

「本来のペナルティ通りなら、無償譲渡ですよね。破格の申し出では」

華村は、右、左、上、と、視線を泳がせた。

「いくらで買う」

米谷は未来のクレームチャートを裏返し、未来に見えないようにペンを走らせた。

華村はクレームチャートの裏をちらっと見た。

「ゴロが悪い。この額にしろ」

華村が、米谷のペンを奪った。がりがりっとペン先の音がした。

米谷はクレームチャートの裏をじっと見つめた。

「わかりました」

米谷は紙を折り、胸元に仕舞った。

華村が答える。

「契約案は私から送る。私が売るのだからな」

華村が去った。

会議室には米谷と二人の役員、あと未来だけが残った。

米谷が息を吐いた。

「にしても、どこまで図太い神経をしてやがるんだ。終始、華村は強気でしたね。今の話の流れで、どうして自分から契約案を出せるのか。理解できないな」

米谷に追随し役員たちも息を吐く。

未来は呆れて答えた。

「契約書の内容なんて、一発で決まるわけがありません。お互いに、捕る気のない投げっぱなしのキャッチボールが、何度か続いてからです。出てきた契約書草案は、真っ赤に直して返してやればいいんです」

米谷は改めて未来に向き直った。

「さて、やっと、エーテル・ライブさんとの話に入れますね」

米谷は足を組んだ。

「協力していただいた件については感謝しています。しかしもうおわかりの通り、我々は松上工務店に対し頭が上がらない状況です」

未来は頷いた。

「結局は資本力ですからね」

「松上工務店は、スタジアムに用いる点群データシステムについて、他のゼネコンの追随を許したくないと強く意思表明しています。我々もパートナーとして松上工務店の意思は尊重したい」

「市場の重ならないＶＴｕｂｅｒたちであっても？」

「デジタルトランスフォーメーションと、考えてください。今は市場が重ならなくとも、スポーツ・テックとＶＴｕｂｅｒたちは、もしかしたら将来、いや、ひょっとしたら近いうちにぶつかり合うかもしれない」

未来は、米谷を見据えた。

「つまり、天ノ川トリィのツールの使用については、なおまだ侵害とする姿勢を崩さないと」

米谷は鷹揚に頷いた。

「特許権者が変わったからといって、権利の内容が変わるわけではありません。侵害は侵害です」

「差し止めも損害賠償請求もする、と」

「エーテル・ライブの事情は把握しています。差し止めはしません。しかし、ライセンス料は支払っていただきたい。ツールをばら撒いた件については、ネットでも話題になっています。万が一、松上工務店に事実を知られたら、説明責任が生じます」

「技術は独占している。証拠として、現に侵害者からライセンス料を貰っている、と説明したいということですね」

米谷は眼鏡を外した。白いハンカチでレンズを拭く。

「エーテル・ライブさんとしても、使用中止に比べたら撮影システムを使い続けられるほうがいいでしょう？」

未来は呆れた。

「類は友を呼ぶとは本当ですね。無断出願を見逃すような奴なんだから、考え方も華村と同じ」

米谷は笑った。

「だったら、訴訟にしますか？」

「私は構いません。でも訴訟提起の前に、特許を無効にしますけど」

未来は、スマホを取り出した。

「いいわ。入って」

会議室に入ってきた自信満々の表情の男を見て、米谷は驚愕《きょうがく》した。

未来は、適当に言葉をならべた。

「紹介する必要はありませんね。発明者の鍛冶屋氏です」

米谷が眼鏡を落とした。

「なんでお前がここに」

鍛冶屋は、はきはきと答えた。

「お久しぶりですね。米谷さん。以前いきなり音信不通になった時はどうしたのかと思いましたよ。そろそろこちらからアクションを起こしたほうがよいのかもしれないと思っていました」

未来は説明した。

「ライスバレーがハナムラに特許無効審判を仕掛けた際、米谷さんは、鍛冶屋氏に協力を求めましたよね。でも華村氏と裏で話し合いが決着した後、鍛冶屋氏とは連絡を取らなくなったそうですね」

鍛冶屋は椅子に、どっかと座った。

未来は続けた。

「ハナムラと鍛治屋氏の採用契約を見ると、鍛治屋氏の成果物たる知的財産については何も契約がなされていない。弁理士としては信じられない契約ですね。もちろん、ハナムラの特許出願は全て鍛治屋氏に対して無断」

米谷は呆然としている。

未来は続けた。

「でもハナムラの立場で考えましょう。だいたいの中途採用者は一年で辞めていく。一年で開発が終わるプロジェクトなんてない。第二の創業たる新規事業だったら、なおの話。だとしたら成果物についての契約なんて適当になってもおかしくない」

鍛冶屋は、米谷の落とした眼鏡を拾って、机に置いた。

「俺でなければね」

未来は滔々と続けた。

「しかし、鍛冶屋氏は違った。優秀だったんです。現に製品は無事完成し、ハナムラは在庫処分に困ったわけです。鍛冶屋氏は現在、大手プラットフォーマーで、ハナムラに採用された時の二倍以上の年収を得ています」

米谷は、顔を真っ青にして黙っている。

未来は、訊ねた。

「さて、法律的には、問題の発明は依然として鍛冶屋氏が有しているわけです。米谷さんはこの事実に基づいて、ハナムラに無効審判を仕掛けた。間違っていたら教えてください」

米谷が、早口で答えた。

「だからなんだ」

「あなたが近々に譲渡を受ける特許は無効なんです。この事実を松上工務店が知ったらどう思うでしょうね」

米谷が、勢いよく立ち上がった。

「お前たちが、無効審判を始める気か」

未来は頭を振った。

「私のクライアントは争いを好みません。無効審判も訴訟も準備はしてありますが、できればやりたくありません。米谷さん次第ですが」

「要求は何だ」

未来は、静かに答えた。

「天ノ川トリィに対する警告の取り下げ、及び、今後も黙認すること」

「松上工務店が――」

未来は米谷の言葉を遮った。

「要求はまだあります。現在、天ノ川トリィと同じツールを使っているVTuberたちに対する警告二十四件の取り下げ、及び、今後の黙認」

　鍛冶屋が口笛を吹いた。

「そいつらも救うってのかい？」

　米谷が悔しそうに答える。

「全部、なかった話にしろと」

「よく考えてください。もともとは華村氏から命じられて仕方なく送付した警告書でしょう。侵害監視の義務はなくなりました」

「侵害の事実は事実だろう。二十四件もある。松上工務店が知ったらどうする」

「天ノ川トリィの分と櫛名田カランの分も合わせれば二十六件です。最後、鍛冶屋氏に相当の対価を支払う」

「何の対価だ」

「秘密保持契約。本件、無断出願の無効理由について、エーテル・ライブ、ライスバレー、鍛冶屋氏の三者は、今後一切の秘密を保持し、墓場まで持っていく。全て承諾し、契約するのであれば、エーテル・ライブは無断出願について無効審判を行わない」

　米谷は視線を逸らした。

「見逃すということだな」

鍛冶屋がさりげなく呟く。

「今まで松上工務店を騙《だま》していたわけだからな。本当なら無効の特許をネタに提携していたとバレたら、松上工務店は怒るだろうな」

米谷が、力なく訊ねる。

「私も墓場まで無断出願の事実を持って行け、と？」

「どうするかよく考えてください。あと、米谷さんも持っているでしょうけど、鍛冶屋氏がハナムラに中途入社した際の契約書類、私も写しを持っています。我々はいつでも特許を無効にできますから」

未来の仕事は終わった。

バッグを持ち、未来は会議室を後にした。

部屋を出る際、はっきりと告げた。

「明日までに返事を聞かせてください」

翌日、ライスバレーより正式に書面での回答があった。

ライスバレーは全ての警告を取り下げるとの内容だった。

他の条件についても、全て受け入れる旨の記載もあった。

6

ブラックホール・フェスの開催まで、あと三時間となった。

エーテル・ライブを訪ねる機会も、もうないだろう。

棚町が、やっぱりへこっとお辞儀をした。

「本当に、ありがとうございました」

スタッフたちが駆け回っていた。第一スタジオからのライブ配信だ。運動会のような騒ぎようだった。

未来は微笑んだ。

「慌ただしいですね」

「夢のような時間ですよ」

今となっては問題ではないのだが、未来は気になっていた質問をした。

「天ノ川トリィは、今年も優勝できそうですか」

棚町は険しい表情をした。

「トリィと同じ撮影システムを使い始めたＶＴｕｂｅｒたち全員、事前人気の順位を上げています。今じゃ、事前人気の上位はほとんど、同じシステムの使い手ですよ」

「天ノ川トリィは何位ですか？」

　棚町は自信ありげに答えた。

「一位です。二位は櫛名田カラン」

「御社の、いやトリィの要求通り、撮影システムを配ったVＴｕｂｅｒたちも今後、撮影システムを使用できます。御社としては好ましくないと思いますが」

　棚町はニコッと笑った。

「トリィなら大丈夫です」

　棚町から代理人手数料に関する書類のサインを貰うと未来は席から立った。

「では本日にて、御社との契約は終了です。状況的に本件でのフォローは不要でしょう。契約により、当事者たちはもう文句を付けられる状況にありません」

　棚町は右手を差し出した。

「また問題が起きた際にはご相談させて下さい」

　未来は微笑んで握手した。

「何もないのが一番です」

「よかったら、ブラックホール・フェスぜひ観て下さい」

「必ず観ます」

　エーテル・ライブの入っているタワーマンションを出ると、天ノ川トリィがいた。

ボディスーツの上から、ウインドブレーカーを羽織っている。

未来は訊ねた。

「ほっつき歩いていて、いいんですか」

トリィはムスッとした表情で答えた。

「いいのよ。余裕なんだから」

礼を伝えに待っていたわけではない様子だった。

トリィは、ぶっきらぼうに訊ねた。

「クライアント様に挨拶もせず帰る気かしら」

「私の依頼主はエーテル・ライブです。あなたではありません」

トリィの顔が未来に近づいた。

「ごまかさないで答えて」

トリィは腕を組んだまま、未来を見つめている。

未来は観念し、トリィに向き合った。

「今回の事件は、本来なら市場に出回るはずのなかった製品が世に出回ったことに起因します」

「如月測量機器って、本当はハナムラだったんでしょ。まさか敵の黒幕だったとはね」

未来はためらいながら答えた。

「ハナムラの撮影システムがあったからVTuber天ノ川トリィが生まれたんです。黒幕のハナムラが作った撮影システムです」

トリィの表情が少しだけ曇った。

「別にいいわよ」

未来は続けた。

「棚町社長からは『トリィが存在する自由を守ってくれ』と依頼されました。あなたは特許権と侵害の隙間から現れた奇跡の産物なんです。棚町社長は、その奇跡を守ってくれと我々に依頼したんです」

未来はトリィから目を逸らした。

「今回の事件の真相を暴く行為は、天ノ川トリィは存在してはならなかったと公言するに等しい行為だったのかもしれません。だとしたら私は弁理士として失格です。あなたの存在を否定したくない。もちろん棚町社長の意にも反します」

沈黙があった。一瞬だったのか、長い時間だったのかはわからなかった。

沈黙は、トリィの笑い声で掻き消された。

トリィは笑いながら答えた。

「あんたが悩む話じゃないでしょ。別に私の出自に何があったかなんてどうでもいい。大事なのはこれから。あんたが守ってくれた私の未来」

　トリィは微笑んだ。

「私が存在する理由は私が決める。私の存在理由や存在意義まであんたに負わせる気は私にも社長にもないわよ」

　エントランスに向かってトリィは歩き出した。

「ありがとう。歌ってくる」

　途中でトリィは急に振り向いた。

「フェス絶対に観て」

そう告げると、トリィはエントランスの奥に消えた。

トリィの背中を見送った直後、スマホが震えた。

姚からだった。

『終わったか』

　未来は短く答えた。

「連絡がなかったけど、そっちも片付いたの」

『皆川電工の発注元を名乗る代理人がやってきた』

　未来はスマホを落としそうになった。

「紫禁電氣よね」

　姚は淡々と告げた。

『北京に飛ぶ。次の戦いだ』
未来は額に手を当てて呻いた。
「中国は嫌だっていつも言ってるでしょ」
『文句を言うな』
空港で落ち合う約束をして、未来は通話を切った。
天ノ川トリィの出番はフェスの最後だ。飛行機の中で観られる。
未来はエーテル・ライブを後にした。

その後すでに広まってきたものを取り入れるアーリーマジョリティがいる。選考委員はアーリーアダプターだから、一般受けする・しないとは別の価値を見つけてくれると思ったんです。ある意味チャレンジでした」（電子雑誌「WEBきらら」二〇二二年二月号の筆者によるインタビューより。以下、「　」部分はその記事からの引用）

自分はまんまと、南原氏の術中にはまっていたのだと知った瞬間であった。とはいえ、ご本人も改稿については「まさかここまでオミットすることになるとは」と苦笑い。つまり応募時の原稿は、それだけ、法律関連の正確性に配慮した説明が書き込まれた内容だったと思っていただければ。

弁理士とは、特許権や商標権などの知的財産の専門家で、国家資格が必要だ。そして南原氏は現役の企業内弁理士である。その知識を駆使して書かれた本作の主人公は、弁理士の大鳳未来。特許権を行使して企業から巨額の賠償金を奪い取るパテント・トロールだった彼女が、弁護士の姚愁林《ようしゅうりん》と組んで設立した《ミスルトウ特許法律事務所》は、特許権侵害などを警告された企業を守ることを専門としている。クライアントは選り好みしない、要望や依頼があれば十二時間以内にアクションを起こす、クライアントも相手もなるべく円満に解決できる方法を探す、というのが事務所の指針。未来は強気で身勝手、時には限りなくグレーに近い方法を使ってでも解決しようとするタイプだが、だからこそ味方にすれば頼もしいともいえる存在だ。

そんな彼女に持ち込まれたのが、VTuber天ノ《あまの》川《がわ》トリィが使用している撮影機材が特許権侵害だと警告された案件だ。その撮影機材がなければ現在の映像のクオリティが保てない。未来は、トリィ自身がフリマサイトで購入したその機材の出品者や、撮影システムの内容、そして警告主の背景について猛烈な勢いで調べていくことになる。

このトリィが未来にも負けないくらい強気な女性で、とてつもなくパワフル。未来がトリィを尾行した際に目撃する極端にエネルギッシュな行動の数々は笑ってしまうほどである。この二人が、衝突しながらも少しずつ距離を縮めていく様子も本作の読みどころだ。

二人の周囲のキャラクターも実に魅力的だ。未来の相棒の姚愁林、未来にこき使われる三人の男――フリーの技術コンサルタントの新堂《しんどう》、《磯西《いそにし》技術情報サービス》の磯西、《夏目《なつめ》・リバース・エンジニアリング》という興信所の夏目――もいい味を出している。トリィが所属する事務所の社長や他社のライバル、さらには敵となる存在も多数登場させながら、テンポよく調査の過程を描き、相手とのあの手この手の駆け引きを盛り込んで見せ場を多く作っている点もポイントが高い。おそらく多くの人には馴染《なじ》みの薄い特許関連の複雑な事件が痛快な解決に至るまでを描き切った筆力はやはり評価するに値すると確信した次第だ。

現役の弁理士である南原氏が、なぜ小説を書き始めたのか。

理系だった彼は、大学院で半導体工学の研究をしていたが、自分は研究より開発のほうが向いていると感じて電機メーカーに就職。エンジニアとして三年ほど働いたが、ご本人いわく「自分にはセンスがない」と思ったそうで、今後のキャリアについて考え始めた三十歳手前の頃知ったのが、特許の業界だった。「調べてみると、エンジニアから知的財産の世界に舵《かじ》を切るのは、〝理系の裏の王道〟と言われていることくらいよくあることらしくて（笑）。それで、弁理士の国家資格を取るための勉強を始めたんです」

会社では知的財産の部署に異動し、受験のために予備校にも通った。だが、弁理士試験の合格率は高くはない、つまりそれだけ難しいうえ、政府の方針で試験内容が苦手な傾向に変化するなどして苦労したという。論文試験で最高裁の判例を一言一句暗記して書かなければいけないところも窮屈だった。そんなある時、「答案練習をしていて、ふと、ここに好き勝手に物語を書いてみたいなと思ったんです」。

ちょうどその頃、池井戸《いけいど》潤《じゅん》氏の『下町ロケット』（小学館）が直木《なおき》賞を受賞、特許に関連する話だということで周囲でも話題になっていた。それで読んでみたところ、自分も専門的な知識を活かした物語を作れるのではないか、と感じたそうだ。ただ、いきなり小説家を目指して方向転換したわけではなく、「そうした小説を書くなら専門家としての資格をちゃんと取らなければ」と考え、勉強を続けて二〇一三年、国家試験に合格。研修の終了と同時に小説講座にも通い始めた。

そこから特許や商標を題材とした小説を書き続けたが、純粋な法律論争のような話ばかりだった。だが今作ではじめて、特許と何か別なものを掛け合わせてみようと考え、その際に時事ネタとして思いついたのがＶＴｕｂｅｒや５Ｇだった。ＶＴｕｂｅｒについては仕組みに関する専門書を読んで学んだが、仮想現実や5Gの技術に関しては仕事で扱ったことがあり、知識があった。そうして、選考委員たちを悩ませることとなる「難しいけれど面白い」原稿を書き上げたのだった。

デビューを果たした今も、会社勤務は続けている。「仕事で得た知識を小説に活かせるし、小説を書くために調べた法律的知識を仕事に活かすこともできる。いいサイクルになるんじゃないかと思っています」

本作はすでに続篇《ぞくへん》も刊行されている。第二作『ストロベリー戦争　弁理士・大鳳未来』（宝島社）はタイトルからも分かるとおり、いちごが重要なモチーフ。宮城県の久郷《くごう》いちご園が新品種『絆姫《きずなひめ》』の開発に成功、高級パティスリー「カリス」でも使用されることが決定する。だが、初出荷の直前になって、大手商社から「『絆姫』の名称が商標権を侵害している」という警告書が届く。「カリス」からは名称を変更せずに解決するように迫られ、窮地に陥った久郷いちご園が未来の事務所に助けを求めるのだ。未来のキャラクターや商標権とはどういうものかを読者にも大まかに把握させるプロローグ、今回の案件における問題のありかを分かりやすく伝える話運び、いちご農園の人々のキャラクターや地理的背景の描き方、大手商社側の人間の視点も入る構成、未来たちがどんどん絶体絶命に追い込まれていく展開――これがもう、どこをとっても、エンタメとしてじつに秀逸。第二作でこんなに飛躍的に上手《うま》くなるものなのかと度肝を抜かれた。南原氏、いったいどれくらい伸びしろがあるというのか――三度目のびっくりである。

二〇二二年十二月

宝島社
文庫

特許やぶりの女王　弁理士・大鳳未来
（とっきょやぶりのじょおう　べんりし・おおとりみらい）

2023年2月21日　第1刷発行

著　者　南原 詠
発行人　蓮見清一
発行所　株式会社 宝島社
〒102-8388　東京都千代田区一番町25番地
電話：営業 03(3234)4621／編集 03(3239)0599
https://tkj.jp
印刷・製本　中央精版印刷株式会社

First published 2022 by Takarajimasha, Inc.
ISBN 978-4-299-03916-3

『このミステリーがすごい!』大賞 シリーズ

シリーズ第2弾

ストロベリー戦争
弁理士・大鳳未来

南原 詠

宮城県で開発に成功したいちごの新品種〝絆姫《きずなひめ》〟。世界的なパティスリーに気に入られ、クリスマスケーキに使用されることになった。しかし初出荷前日、大手商社より「名称が商標権を侵害している」との警告書が届く。凄腕弁理士・大鳳未来は、クリスマスまでに事案を解決できるのか——!?

定価 1540円(税込)[四六判]

※『このミステリーがすごい!』大賞は、宝島社の主催する文学賞です(登録第4300532号)